U0898843

经典文化与本草食养全民读本

鉴古诗 品补汤

丛书主编／陈永灿
编　　著／马凤岐　任　莉
丛书编委／（按姓氏笔画排序）
马凤岐　王恒苍
白　钰　任　莉
许　琳　杨益萍
吴　培　吴娟娟
张旻轶　陈金旭
范天田　郭　颖

上海科学技术出版社

图书在版编目(CIP)数据

鉴古诗　品补汤 / 马凤岐，任莉编著. —上海：上海科学技术出版社，2019. 10 (2025.8重印)
(经典文化与本草食养全民读本 / 陈永灿主编)
ISBN 978 - 7 - 5478 - 4504 - 2

Ⅰ. ①鉴…　Ⅱ. ①马…②任…　Ⅲ. ①古典诗歌—鉴赏—中国②汤菜—食物疗法　Ⅳ. ①I207. 2②R247. 1

中国版本图书馆 CIP 数据核字(2019)第 132368 号

鉴古诗　品补汤
丛书主编　陈永灿
编　　著　马凤岐　任　莉

上海世纪出版(集团)有限公司
上 海 科 学 技 术 出 版 社　出版、发行
(上海市闵行区号景路159弄A座9F-10F)
邮政编码 201101　www. sstp. cn
河北晔盛亚印刷有限公司印刷
开本 889×1194　1/32　印张 4
字数：90 千字
2019 年 10 月第 1 版　2025 年 8 月第 2 次印刷
ISBN 978 - 7 - 5478 - 4504 - 2/R · 1871
定价：45. 00 元

前言

中医药学是我国传统的医学科学，也是中华经典文化的组成部分。习近平同志指出："中医药学凝聚着深邃的哲学智慧和中华民族几千年的健康养生理念及其实践经验，是中国古代科学的瑰宝，也是打开中华文明宝库的钥匙。"我们要借古鉴今，守正出新，使中医药健康养生文化与现代社会生产生活相协调，将其以人们喜闻乐见、易于接受、广泛参与的形式，转化为人民群众的健康行为和生活方式。推动中医药健康养生文化的创造性转化、创新性发展，重在实践和养成相结合，达到外化中医健康养生理念于行、内化中华优秀文化价值于心的效果。

自古以来，中国人对于美食就有一种特殊情怀，如宋代大文豪苏东坡写下了诸如"雪沫乳花浮午盏，蓼茸蒿笋试春盘。人间有味是清欢"等称赞美食的千古名词。如何能够使美食与健康两相兼得呢？食养本草的出现给美食带来了一次华丽的蜕变，如苏东坡寻得"茯苓饼"的配方并制作食之："茯苓去皮，捣罗，入少白蜜，为麨，杂胡麻食之，甚美。如此服食已多日，气力不衰，而痔渐退。"既饱了口腹之欲，又能够益气力，退痔疾。又如元代饮膳太医忽思慧"于本草内选无毒、无相反、可久食补益药物，与饮食相宜，调和五味。及每日所造珍品，御膳必须精制"，使得本草膳食登上大雅之堂，专供皇家食用。而现在，随着人们生活水平的不断提高，人们对美好生活的需求越来越高，期望吃得有品位、吃得更健康，本草膳食便可以满足人们的这种需求。

中医药学十分重视饮食调养与健康长寿的关系，唐代著名医学家孙思邈十分重视食养食疗，他在《备急千金要方》里写道：“食能排邪而安藏府，悦神爽志以资血气。若能用食平疴，释情遣疾者，可谓良工。”清代著名养生家曹廷栋言“以方药治已病，不若以起居饮食调摄于未病”。运用食物与本草药物配伍制成膳食，可以达到养生保健、祛病延年的目的。这些膳食将食养本草融入其中，便具有中医简、便、廉、验的特色，还具备食品色、香、味、形的特点，它没有想象中药物的苦涩与克戕，只有独一份的清香与滋补，既增进人体健康，又令人回味无穷。

《经典文化与本草食养全民读本》中所选食养本草基本来自国家卫生部门认可的“按照传统既是食品又是中药材”的药食两用中药，根据其不同的特性，选取作为药膳、药茶、药酒、药粥、药点、补汤中的主药，形成六大类食养本草系列，分为六个分册，每册选取50种常用食养本草。通过挖掘本草书籍中有关食养本草的记载及古代先贤养生保健实践经验等，追本溯源，传承发展，充分展示食养本草的传统养生防病精华。

本书目录仿照《本草纲目》的编次方式，分为草部、花部、果部、菜部等类别。书中每一种食养本草均以古代诗文为引，鉴赏诗词，体悟食养本草形意之美；其次进行中医养生功效解读；最后介绍本草膳食的制作方法。希望大家在学习中医食养知识，更好更快地掌握本草食养方法的同时，接受中华经典文化的熏陶，在鉴赏古诗中认识本草，在品味药膳中实践养生，既可以享受健康快乐，又能够提升生活品质。需要特别指出的是，书中的本草食养膳品是食品，它们有助调节阴阳偏颇，优化心身状态，改善人群体质，对颐养健身有积极作用，但不能替代药品治疗疾病。

本书由浙江省立同德医院、浙江省中医药研究院陈永灿名老中医专家传承工作室团队通力合作，编著而成。书中所收载的本草、食材均为寻常之品，容易置备，方便操作，所展示的药膳、药茶、药酒、药粥、药点、补汤图片也是团队成员自己拍摄的原创作品（除署名外），力求切合实用，开卷有益。“纸上得来终觉浅，绝知此事要躬行”，我们将继续做中医药知识普及和中医药文化传播的践行者，把中医药健康送进更多家庭，造福更广人群。

陈永灿

2019 年 2 月 19 日

于杭州西子湖畔

编辑推荐

做这本书时正值盛夏，赤日炎炎，口焦舌燥。同事说：我看了书名就想出汗——这么热的天，谁补得进啊？这么烫的汤，谁喝得进啊？

殊不知，中医所谓的“补”，除了滋补，还有调补、清补。补汤，除了热汤，还有冷饮；除了咸汤，还有甜品。所以这本书里，大家熟悉的冬令进补“网红”当归生姜羊肉汤、人参土鸡汤等之外，更有清调的荷叶冬瓜汤、乌梅绿豆饮、覆盆枸杞汤、芦根雪梨汤等，可冷可热、有甜有咸，四季皆宜。

我们在“家庭真验方”微信平台发起“本草美食大赛·补汤专场”活动时，应者和前几场同样踊跃，读者们直呼“脑洞大开”。你知道罗汉果除了泡茶，还可以做菜做汤吗？那甘甜药香在猪蹄汤里会是怎样的滋味？以浓香雅趣闻名的佛手，如果和腥膻“土气”的猪肝搭配，会发生什么奇妙变化？你也来试试吧！

“家庭真验方”是上海科学技术出版社旗下的一个中医科普品牌，看名字就知道，她倡导“家庭、真实”，本草食养系列走进家庭、人人可作、四季皆宜，将造福更多的大众。《鉴古诗　品补汤》只是这套本草食养丛书中的一本，还有其他精彩图书，读者群也有其他有趣活动，因图书版面有限无法全部呈现的本草美食，也会在读者群里分享。

赶快加入我们的读者群吧！一起来亲身体验、分享中医药文化硕果。

家庭真验方

目录

草部

谷部

果部

木部

菜部

草部

黄　精

玉津比玄芝

山中有灵草，乃云太阳精。
况闻天老言，饵之可长生。
故人赤松意，分赠慰我情。
玉津比玄芝，采采三秀英。
我愿服此久，飘然出寰瀛。
绿发无秋霜，身如羽翰轻。
举臂入霄汉，丹台列高名。
手把金芙蓉，与君游太清。

——元·吾丘衍《张伯雨赠黄精》

本诗是作者得故友相赠黄精后，有感而发的一首诗作。太阳精，即黄精。西晋张华《博物志》载："黄帝问天老曰：天地所生，岂有食之令人不死乎？天老曰：太阳之草，名曰黄精，饵之可以长生。"诗中前四句即来源于此。在作者看来，黄精延年益寿的作用堪比灵芝，食之可以使身体轻快灵活，头发乌黑亮泽，能够如道家仙人一般，飘然出世，超然洒脱。道家中人将黄精视为"仙药"，在修炼时常将其作为服食要药。正因如此，作者在得赠黄精后，即作此诗，以表达内心的喜悦之情。

黄精，又名鸡头参、黄鸡菜、仙人余粮等，根据形状不同，可分为"大黄精""鸡头黄精""姜形黄精"。黄精作为延年益寿的保健佳品为人们食用由来已久，道家更是对其钟爱有加。从中医学角度来看，黄精有"仙药"之称可谓实至名归。黄精有补气养阴、健脾润肺、益肾填精的功效。梁代陶弘景在《名医别录》说它："主补中益气，除风湿，安五脏。久服轻身延年，不饥。"临床上，黄精常用来治疗体倦乏力，口干食少，肺虚燥咳，精血不足，腰膝酸软，须发早白等病症。

现代研究表明，黄精具有增强免疫功能、提高学习记忆能力、保护心肌细胞、改善造血功能、延缓衰老、抗疲劳、降血糖、调血脂、抗肿瘤等作用。

黄精牛肉汤

【材料】黄精 45 克，牛肉 300 克，生姜 3 片，食盐适量。

【做法】①牛肉洗净切块，黄精洗净；②将牛肉、黄精、姜片一起放入砂锅内，加清水适量，大火煮沸后改小火煮 1 小时，加入食盐调味。

本补汤具有健脾益气、补虚润肠的功效。适合脾胃虚弱、气血不足、大便秘结的人群食用。

［黄精牛肉汤］

黄精乌鸡汤

【材料】黄精 30 克，乌鸡 240 克，大枣 9 克，生姜 6 片，食盐适量。

【做法】①黄精、大枣洗净备用；②乌鸡洗净，切块，放入盛有清水的锅内，大火烧开，撇去浮沫；③放入黄精、大枣和姜片，小火煮 1 小时，加食盐调味。

本补汤具有滋补肝肾、养颜明目的功效。适合肝肾不足、面色不华、眼睛干涩的人群食用。

黄　芪

黄芪满谷无人采

野夫不识武城宰，
问之无言色微改。
但说今年秋雨多，
黄芪满谷无人采。
——金·王特起《沁源道中·其一》

本诗为叙事诗，语言质朴平实，不事雕琢，寥寥数字，讲述了作者初到沁源县为令，微服私访以体察民情的场景，生动地刻画出了一位悲天悯人的父母官。作者王特起，原为真定府录事参军，任期届满后，被朝廷改令沁源县。沁源，古称“谷远”，位于太岳山东麓，山高水远，交通不便。王氏亲民善政，新到任后，便深入到人民群众中去探访民情。山中的农夫不知王氏为县令，在被问到情况时，脸色为难，话语不多，只是说到当年秋天的雨水很多，满谷的黄芪无人去采。“无人采”可谓本诗的点睛之笔，一语道出天灾人祸给民众带来的悲苦。

黄芪在平日生活中颇为常见，喜欢养生的人对其并不陌生，经常用其作为食材，或煲汤，或煮粥，或做菜，以达保健之目的。黄芪也是一味上好的中药材，又名黄耆，中药典籍《本草备要》中言其：“为补药之长，故名耆（俗作芪）。”中医学认为，黄芪性温、味甘，功可益气固表、排脓生肌、利尿消肿，是常用的补气要药。对于临床上的气虚乏力、自汗、水肿、子宫脱垂、疮口久不愈合等病症，黄芪都有不错的治疗效果。

黄芪的营养成分丰富，含有铜、铁、锌、硒等多种微量元素及酪氨酸、亮氨酸等 17 种人体所需要的氨基酸，还含有皂苷类、多糖类、黄酮类等多种对人体有益的功能性成分，具有抗肿瘤、调节血糖、提高免疫力、延缓衰老、降血压、保护肝肾等功效。

黄芪乳鸽汤

【材料】黄芪 30 克，乳鸽 240 克，枸杞子 6 克，生姜 3 片，大葱 1 根，盐适量。

【做法】①将乳鸽洗净，然后用沸水氽烫、冲净，黄芪、枸杞子分别洗净，葱洗净切段备用；②砂锅内加入适量清水，放入乳鸽、黄芪、枸杞子、生姜、葱段，大火煮沸后改为小火煲 1 小时，加盐调味。

本补汤具有益气养血、健脾补虚的功效。适合神疲乏力、纳食欠佳、面色不华的人群食用。

［黄芪乳鸽汤］

黄芪鲫鱼汤

【材料】黄芪 30 克，鲫鱼 1 条，生姜 6 片，大葱 1 根，料酒、食盐适量。

【做法】①黄芪洗净，葱洗净切段备用；②鲫鱼去鳞和内脏，洗净，放入锅内，加入适量清水，将黄芪、姜片、葱段、料酒一起加入，大火煮开后转小火，慢炖 1 小时。加入食盐调味。

本补汤具有健脾益气、利水消肿的功效。适合脾胃虚弱、食欲不振、有水肿倾向的人群食用。

人　参

开时的定涵云液

神草延年出道家，是谁披露记三椏。
开时的定涵云液，劚后还应带石花。
名士寄来消酒渴，野人煎处撇泉华。
从今汤剂如相续，不用金山焙上茶。

——唐·皮日休
《友人以人参见惠因以诗谢之》

作者得友人惠赠人参，内心十分感激，便作诗以表谢意，字里行间充满了对人参的赞美。神草、三椏，均是人参的别称。人参能够延年益寿，被道家称为神草，因其长有三椏五叶，故又有三椏之名。在生长的时候，人参早就已经蕴涵了作为药物的汁液，挖人参的时候最好带着它的花朵，因为花也有补气强身的作用。诗人说，德高望重的友人寄人参是用来消酒解渴的，村野之人则用泉水煎煮人参以保养身体。从今往后就用人参煮汤来延年吧，这样一来，也就不必烘焙上等的茶叶了。

人参，因其根似人形而得名。作为一种名贵补药，人参自古为人们所熟知，并且备受青睐。现存最早的中药学典籍《神农本草经》将其列为上品，并谓其："补五脏，安精神，定魂魄，止惊悸，除邪气，明目，开心益智。久服轻身延年。"宋代《本草图经》中有一验证人参真假的小实验：让两个人各走三五里路，一个口含人参，另一个不含，走完路后，不含人参的人气喘吁吁，而口含人参的人气息自如，说明人参是真品。人参有增强体力、消除疲劳的作用。中医学认为，人参能够大补元气、复脉固脱、补脾益肺、安神益智，主要用于劳伤虚损、久病虚羸、体虚欲脱等各种虚证的治疗。

人参的主要活性成分是人参皂苷，还含有多糖、氨基酸、生物碱、黄酮、甾醇等多种化学成分，具有保护心脑血管、延缓衰老、提高免疫力、增强记忆力、抗肿瘤、改善视力等药理作用。

人参土鸡汤

【材料】人参 3 克，土鸡 240 克，大枣 6 枚，生姜 3 片，大葱 1 根，食盐适量。

【做法】①将各食材洗净，土鸡斩块，大葱切段；②锅内放入鸡块和适量清水，将水烧开，撇去浮沫，捞出鸡块；③锅内放油，烧热，炒一下鸡块，然后加入热水，放入人参、大枣、姜片和葱段，小火炖约 1 小时，加入食盐调味。

本补汤具有益气增力、强壮身体的功效。适合身体虚弱、神疲乏力、胃纳欠佳的人群食用。

人参松茸汤

【材料】人参 3 克，松茸 12 克，青菜 3 株，淀粉、食盐适量。

【做法】①将人参、松茸、青菜分别洗净；②人参、松茸一起放入砂锅内，加清水适量，大火煮沸后改小火煮约 1 小时，放入青菜、水淀粉，煮 3 分钟，加入食盐调味。

本补汤具有补气强身、健脑益智的功效。适合容易疲乏、记忆力差、夜寐不佳的人群食用。

肉苁蓉

蓑笠牵牛作老农

老子当归兴已浓，
令君何事寄苁蓉。
行将卜筑前湖去，
蓑笠牵牛作老农。
——宋·王十朋《丁惠安赠肉苁蓉》

本首诗描写了作者一心想要归隐，向往田园生活的美好心境。“老子当归兴已浓，令君何事寄苁蓉。”老子，老年人自称，犹老夫。作者想归去隐遁的兴致早已十分浓厚，惠安君突然寄来一些肉苁蓉，不知其所为何事。“行将卜筑前湖去，蓑笠牵牛作老农。”卜筑，择地建筑住宅，即定居之意。作者即将到前湖附近长期居住，身披蓑衣，头戴笠帽，手牵耕牛，漫步农田，做一个经验丰富的农夫。诗文平铺直叙，语言质朴，虽然没有华丽的辞藻，却也描绘了一幅前湖之畔、田野之中，老农耕牛的悠闲和谐画面。

肉苁蓉，又名大芸、地精、金笋，生长于沙漠之地，因其有良好的滋补功效，故被人们称为“沙漠人参”。明代中药典籍《神农本草经疏》言其为：“滋补肾精之要药，久服肥健而轻身。”李时珍在《本草纲目》中说：“此物补而不峻，故有从容之号。”肉苁蓉作为药食两用的佳品，自古就在民间被广泛食用。清代沈青崖《陕西通志》中载：“肉苁蓉，陕西州郡多有之，西人多用作食品。”人们常用肉苁蓉和羊肉、羊肾等搭配做羹煲汤，不仅美味可口，而且有很好的增力解乏作用，可谓一举两得。

肉苁蓉的化学成分和药理作用研究结果显示，肉苁蓉中主要含有苯乙醇苷类、环烯醚萜苷、木脂素苷、糖类等化学成分，具有抗疲劳、抗氧化、延缓衰老、润肠通便、保护肝脏、抗骨质疏松等多种药理作用。

苁蓉羊肉羹

【材料】肉苁蓉30克，羊肉300克，生姜3片，大葱1根，淀粉、食盐适量。

【做法】①将各食材分别洗净，羊肉切块，大葱切段；②砂锅里放入适量清水，把羊肉、肉苁蓉、姜片、葱段一起放入锅内，大火煮开后改小火炖约1小时，淀粉勾芡，加入食盐调味。

本补汤具有温肾壮阳、益精润肠的功效。适合四肢不温、腰膝无力、大便干结的人群食用。

苁蓉猪腰汤

【材料】肉苁蓉15克，猪腰1个，生姜3片，料酒、食盐适量。

【做法】①将猪腰、肉苁蓉分别洗净；②锅里放入适量清水和料酒煮开，下猪腰，焯血水，捞出冲净；③猪腰切条，连同肉苁蓉、姜片一起放入砂锅内，加入适量清水，大火煮开后改小火炖约30分钟，加入食盐调味。

本补汤具有补肾壮腰、润肠通便的功效。适合手脚怕冷、腰膝酸软、大便不畅的人群食用。

天　麻

飞身混烟霞

仙客饵赤箭，其根乃天麻。
延年不复老，飞身混烟霞。
文升蚤得道，山下多灵芽。
世士所购求，金玉如泥沙。
吾昔负羸疾，衰龄畏风邪。
筋骨困连卷，跳偏竟何嗟。
履道知我欲，囊封寄山家。
呼奴为煮食，惜已鬓毛华。

——宋·沈辽《谢履道天麻》

本诗乃作者为表达对友人寄送天麻的感激之情而书，同时也描写了自己已经年老体衰，内心颇为感慨：隐士仙人们常以赤箭为食，它的根就是平日人们所见的天麻，食之可以轻身延年，是一味稀有难得的养生保健佳品。天麻多生长于山下林中的空地，世间之人不惜重金来寻求购买。老夫向来身体羸弱，如今年事已高，颇畏贼风，浑身筋骨困倦不堪，路上行走有所不稳。远方的友人履道深知我的心思，将天麻包装好了寄于家中。我收到之后，便招呼侍者将其煎煮成汤，以之为食，可惜我早已两鬓斑白，不知这天麻能否有所助益呢？

诗中所讲的天麻具有熄风定惊之功，《神农本草经》中说其：“久服益气力，长阴肥健。”作者的友人知道其素体羸弱，有畏风之疾，所以寄来天麻以望其可以长养身体，祛除风邪。天麻的别名颇多，《本草纲目》汇集的有赤箭芝、独摇芝、定风草、离母、合离草、神草、鬼督邮等。李时珍在书中解释道：“赤箭以状而名，独摇、定风以性异而名，离母、合离以根异而名，神草、鬼督邮以功而名。”天麻不仅是一味名贵药材，而且还是一种美味食材。人们常用其来煲各式各样的汤品，用来强壮身体，益寿延年。

现代药理研究表明，天麻含有酚类化合物及其苷类、甾醇及有机酸类、多糖类等化学成分，对中枢神经系统和心脑血管系统有着重要的调节作用，并有增强学习记忆、延缓衰老的功效。

天麻土鸡汤

【材料】天麻 30 克，土鸡 240 克，红枣 6 枚，生姜 3 片，大葱 1 根，食盐适量。

【做法】①将各食材洗净，土鸡斩块，大葱切段；②锅内放入土鸡和适量清水，将水烧开，撇去浮沫，捞出土鸡，热水备用；③锅内放油，烧热，炒一下土鸡，然后加入热水，放入天麻、大枣、生姜和葱段，小火炖约 1 小时，加入食盐调味。

本补汤具有息风止晕、滋补强身的功效。适合身体虚弱、容易头晕的脑力劳动人群食用。

[天麻鱼头汤]

天麻鱼头汤

【材料】天麻 15 克，草鱼头 1 个，红枣 6 枚，生姜 3 片，料酒、食盐适量。

【做法】①草鱼头洗净，斩成两块；②天麻、红枣、生姜洗净备用；③用酒、盐腌草鱼头，放油锅略煎一下；④汤煲内放水，待水烧开后，将所有材料放入，慢火煲 1 小时，放盐调味。

本补汤具有健脑益智、安神助眠的功效。适合记忆不好、睡眠欠佳的人群食用。

白茅根

倾根俟卑宫

乔松生峻岳，修干概青宫。
被蒙栋梁会，斧锯运成风。
翻迹浮江汉，辟易上方供。
斫以公输子，丹漆百千重。
美材施壮丽，通天守高崇。
白茅亦何须，倾根俟卑宫。
——明·傅汝舟《道路古事三首·其二》

诗中将高大的松树与矮小的白茅作对比，说明各自的用途，用以表达物尽其用，各有千秋。挺拔的松树生长在峻峭的山间，修长的树干可以作为栋梁之才。通过木匠们灵巧的双手，借助斧头、刀锯等工具加工处理，并涂以朱红色的油漆，能够建成高大宏丽的殿堂。而小小的白茅，生长在山野路旁，虽然不及松树高大挺拔，但也有它的用处。白茅的根茎不仅可以用作食材，而且还能入药。白嫩香甜的白茅根，既能泡茶饮用，又可煲汤服食。在饮食药膳方面，可以发挥很大的作用。

白茅根为多年生草本植物，在全国各地的山野、沟边、路旁均有分布，又名兰根、茹根等。在拔茅草时，经常是连根一起拔出，拔起一株，带出一团，古人称之为“拔茅连茹”。这不免让人联想到在为人处世的时候，不能一根筋，要懂得变通。白茅根在中药大家庭中，虽然不算名贵，但也有它独特的功效。中医学认为，白茅根性寒、味甘，归肺、胃、膀胱经，能够凉血止血、清热生津、利尿通淋。凡是因血热引起的各种出血病症，如咯血、吐血、衄血、尿血等，均可使用白茅根。另外，其对热淋也有较好的治疗效果。

现代药理研究发现，白茅根主要含有三萜类、黄酮类、木脂素类、内酯类、糖类、甾体类、有机酸类等多种化学成分，具有利尿、止血、抗菌、免疫调节等作用，可以用于泌尿系统感染等治疗。

茅根马蹄猪骨汤

【材料】白茅根 15 克，猪骨 210 克，马蹄 15 克，大枣 12 克，食盐适量。

【做法】①将马蹄洗净去皮，白茅根洗净切段；②将洗净的猪骨加入盛有适量清水的锅内，大火烧开，撇去浮沫；③加入白茅根、马蹄，小火煮 1 小时，加食盐调味。

本补汤具有生津止渴、清热利尿的功效。适合口干舌红、小便发黄、大便干燥的人群食用。

茅根甘蔗胡萝卜汤

【材料】白茅根 30 克，甘蔗半根，胡萝卜 1 根，冰糖适量。

【做法】①将白茅根洗净切段，甘蔗洗净去皮切段，胡萝卜洗净切块；②将处理好的白茅根、甘蔗、胡萝卜一起放入锅中，加水烧开，煮 30 分钟左右，加适量冰糖调味。

本补汤具有清热利尿、养阴止渴的功效。适合肺胃阴虚所致的口干咽干、眼睛干涩、小便发黄的人群食用。

当 归

从今洗面饶光泽

多病年来叹早衰，试凭草木为扶微。
关心药裹知多少，系肘方书识是非。
曾子定应怜益母，曹公端解寄当归。
从今洗面饶光泽，血气仍充旧带围。

——宋·朱翌《有惠益母粉及当归者》

诗中作者体弱，生病多年，感慨自己过早衰老，所以尝试着凭借草木之品来扶助衰微的身体，但又苦于对中药知之不多，只有借助古人所写的方书来辨识药性。恰好有友人惠赠他益母粉和当归两味中药，它们都有补血活血的作用，能够滋养血气，强壮身体，令面色光泽润滑。作者在诗中巧妙地运用了两个典故，其一是“曾子定应怜益母”，宗圣曾子是至孝之人，对母亲非常孝敬，北宋唐慎微所撰《证类本草》中引陆玑言：“《韩诗》及《三苍》皆云益母也。故曾子见之感恩。”其二是“曹公端解寄当归”，典出《三国志》，讲述曹操为招降东吴大将太史慈，给他寄送当归，名为送药，实则劝降的故事。

诗中提到的两味中药，当归更偏重于补益血气，从诗文引用的典故看，当归为人熟知，使用的历史可谓十分久远。在古代，人们常借物抒情，将当归寄给出门在外的亲人，以表达殷切盼望其归来之心情。除了寄送情思之外，当归还有很高的药用和食用价值，应用范围颇广，中医有“十药九归”之说。当归性温，味甘、辛，归心、肝、脾经，功可补血活血、调经止痛、润肠通便，是常用的补血药，适用于血虚引起的眩晕心悸、月经不调、大便秘结等病症。酒制当归偏于活血通经，可用于经闭痛经、风湿痹痛、跌仆损伤等。

现代研究发现，当归所含的化学成分主要包括挥发油、多糖、阿魏酸、油脂类，以及维生素 A、维生素 B_{12}、维生素 E、叶酸等。药理学实验表明，当归能够增强免疫力，促进造血功能，同时还具有抗血栓、降血脂、保肝、抗辐射等多种药理作用。

当归蜜枣老鸭煲

【材料】当归 15 克，老鸭 300 克，蜜枣 12 克，生姜 6 片，大葱 1 根，料酒、食盐适量。

【做法】①将鸭洗净切成块，当归、蜜枣洗净，葱切段备用；②大火烧热炒锅，不放油，放入鸭块、料酒、姜片和葱丝翻炒，至鸭肉水分收干，没有鸭腥味，关火盛出；③将炒过的鸭块放入炖锅中，倒入水，没过鸭块，煮沸后捞出鸭块，将水倒掉；④炖锅中再次加入热水，将煮过的鸭块放入锅中，大火煮开，放入当归、蜜枣，改小火炖约 1 小时，加入食盐调味。

本补汤具有滋阴养血、润肠通便的功效。适合气血不足、面色不华、大便干燥的人群食用。

［当归生姜羊肉汤］

当归生姜羊肉汤

【材料】当归 15 克，羊肉 500 克，生姜 9 片，大葱 1 根，食盐适量。

【做法】①将羊肉洗净切块，当归洗净，葱切段备用；②将处理好的羊肉、当归、生姜和葱段一起放入高压锅中，加水烧开，煮 1 小时左右，加适量食盐调味。

本补汤具有温中补虚、祛寒止痛的功效。适合脾胃虚寒、遇冷不适、手脚不温的人群食用。

白 芷

溪边白芷新生蘖

久别青山梦亦惊，如逢老友共班荆。
溪边白芷新生蘖，枝上黄鹂旧识名。
猿鹤已无逋客怨，烟云喜傍昔人耕。
松风石气寒侵骨，犹拥单衣待月生。

——明·沈守正《北归初坐听泉亭》

从北归来，坐在听泉亭里，看着眼前阔别已久的青山，如同久别重逢的老友一般，想要共坐谈心。潺潺的小溪从山上流下，清澈见底，溪边的白芷已经长出嫩绿的新芽。树枝上的黄鹂在鸣叫，声音清脆，悦耳动听，仿佛在呼唤旧识的名字。决心归隐的人士并没有漂泊流浪的怨恨，他们的隐逸之地多选择在农耕的地方，远离喧嚣，无为清静。一阵清风夹杂着山间的寒气袭来，感觉有点刺骨，而作者尚穿着单薄的衣服坐在亭子里，沉浸在思绪中，等待着月亮徐徐升起。

诗中讲到的白芷，多生于林下、溪旁、灌丛、山谷草地等，主产于四川、浙江等地，因其香气浓郁，故又被称为香白芷。白芷是日常生活中煮肉煲汤常用的香料之一。此外，白芷还有很好的养颜美容之功，《神农本草经》中言其“长肌肤，润泽，可作面脂”，《日华子本草》说其可以“去面皯疵瘢”。中医学认为，白芷味辛、性温，功可解表散寒、祛风通窍，燥湿止带、消肿排脓，故常用来治疗风寒感冒、头痛牙痛、鼻渊、带下、疮痈肿毒等病症。

现代药理学研究发现，白芷具有解热镇痛、抗炎解痉、抗肿瘤、抗辐射、抗光敏、美白祛斑等作用，对心血管系统也有一定的调节作用。

白芷鱼头汤

【材料】白芷 12 克，鳙鱼头 1 个，红枣 6 枚，生姜 3 片，料酒、食盐适量。

【做法】①鳙鱼头洗净，纵向从中间斩成两块；②白芷、红枣分别洗净备用；③用料酒、盐略腌鳙鱼头，放入油锅稍煎一下；④汤煲放水，待水烧开后，将所有材料放入，慢火煲 1 小时，放盐调味。

本补汤具有解表祛风、散寒止痛的功效。适合因感受风寒而引起头痛的人群食用。

白芷花胶汤

【材料】白芷 15 克，花胶（即鱼肚）300 克，生姜 3 片，葱 1 根，料酒、食盐、香油适量。

【做法】①将花胶洗净，切长条块，葱切段；②将白芷、花胶、料酒、姜、葱一同放入炖锅内，加适量清水，武火烧沸后，用文火炖煮 30 分钟，加入盐、香油调味。

本补汤具有润泽肌肤、养颜美容的功效。适合面色不华、肌肤不润的爱美人群食用。

草 果

和羹充肴脩

神农书本草，有美生南州。
春华穗端垂，仿佛芙蓉秋。
青囊贮嘉实，璀璨安石榴。
香味极辛烈，果中第一流。
磊落入盘饤，和羹充肴脩。
温中与下气，功用亦罕俦。

——宋·章甫《分题得草果饮子》

在祖国的南端，云南、广西、贵州等地，有一种珍美的草药——草果。春天，一簇簇黄灿灿的花朵垂在穗端，如同秋天的芙蓉花一样，轻柔美丽。秋天，一颗颗硕果分外饱满，颜色像熟透的石榴一般，鲜红耀眼。草果有着十分浓郁的辛辣香味，在各种果实中堪称一流，既可以作为盘中的果品款待客人，又能够配以各种调味品制成羹汤，味道鲜美。草果温运中焦、燥湿行气的功效在中药里也是少可相比的，是药箱中不可多得的一味中药。

草果是人们日常生活中烹制肉类、鱼类等常用的一种香料，可以去除腥膻之味，增进菜肴的味道，帮助消化。在中医师手中，草果还是一味祛痰截疟的“猛将”。三国时期，诸葛亮率军南征平叛，行军至滇南一带时，将士们因为不能适应南方的湿热气候而身染疟疾，当地医生向诸葛亮馈赠了一味草药，将士们含服之后，疟疾即除，这味草药就是草果。中医学认为，草果性温、味辛，归脾、胃经，具有燥湿温中、截疟除痰的功效，常用于寒湿内阻所致的脘腹胀痛、痞满呕吐、疟疾寒热等病症的治疗。

现代药理学研究显示，草果中主要含有挥发油，油中含桉油素、聚伞花素及多种微量元素等，具有调节胃肠功能、降血糖、降脂减肥、抗肿瘤、抗氧化、抑制霉菌、抗炎镇痛等药理作用。

草果排骨汤

【材料】草果 12 克，排骨 300 克，生姜 3 片，大葱 1 根，料酒、食盐适量。

【做法】①将排骨、草果分别洗净，葱切丝备用；②大火烧热炒锅，不放油，放入排骨、料酒、姜片和葱丝翻炒，至没有腥味，关火盛出；③炖锅中加入适量热水，将炒过的排骨放入锅中，大火煮开，放入草果，改小火炖约 1 小时，加入食盐调味。

本补汤具有温中散寒、滋补脾胃的功效。适合身体偏弱、脾胃虚寒的人群食用。

〔草果排骨汤〕

草果羊肉汤

【材料】草果 6 克，羊肉 300 克，白萝卜 150 克，生姜 6 片，大葱 1 根，食盐适量。

【做法】①把白萝卜、羊肉洗净，切成小块，草果洗净，葱切段备用；②将萝卜、草果、羊肉放入锅内，加清水适量，武火烧开后改文火，加生姜、葱段炖约 1 小时至肉熟烂，加入食盐调味。

本补汤具有健脾暖胃、温中补虚的功效。适合体质虚寒、脘腹冷痛、消化不良的人群食用。

砂 仁

土肥抽尽缩砂苗

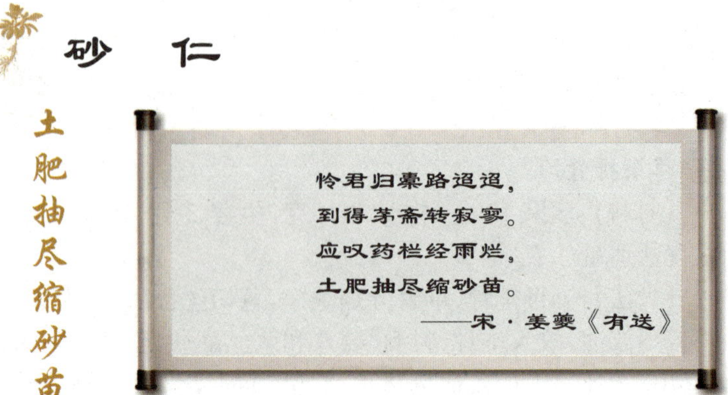

本首诗为送别诗，友人即将踏上归程，作者心中难舍，感伤不已，便作此诗，以抒发离别之情。“怜君归橐路迢迢，到得茅斋转寂寥。”君此去，路途遥远，长途跋涉，让人心有所怜。回到茅草盖的住所后，一人感受这寂静空寥，心中感慨不已。“应叹药栏经雨烂，土肥抽尽缩砂苗。”药栏，泛指花栏。园中的花栏经过雨水的浸泡，已有点破烂不堪，不过里面的土壤尚且肥沃，一棵棵青翠嫩绿的缩砂仁苗从土中纷纷冒出，给这空寂的庭院增添了几分绿意。

诗中所讲缩砂的果实，就是我们平日烹饪时常用的香料——砂仁，能够去腥提香，为菜品增色。砂仁有较高的观赏价值，在夏季之初可以赏其花，盛夏之时能够观其果，令人赏心悦目，怡情养性。除此之外，砂仁还具有较高的药用价值。相传广东阳春县曾发生牛瘟，全县的耕牛一头头病死，唯有蟠龙金花坑一带的耕牛没有发瘟，经过询问，得知这里的牛每天都在吃一种叶子散发浓郁香味的草，这种草就是砂仁的原生植物。中医学认为，砂仁性温、味辛，可以化湿开胃、温脾止泻、理气安胎，临床上常用其治疗脾胃虚寒、湿浊中阻、呕吐泄泻、妊娠恶阻等病症。

砂仁的化学成分比较复杂，其中主要包含乙酸龙脑酯、龙脑、樟脑等挥发性成分，以及多糖、有机酸、酚类、黄酮类、无机化合物等非挥发性成分，具有缓解胃溃疡、促进胃肠动力、镇痛、抗炎抑菌、降血糖、抗氧化等多种药理作用。

砂仁鲫鱼汤

【材料】砂仁6克，鲫鱼1条，生姜6片，大葱1根，料酒、食盐适量。

【做法】①先将砂仁洗净，葱切段备用；②鲫鱼宰杀后去鳞和内脏，洗净，放入锅内，加入适量清水，然后将砂仁、姜片、葱段、料酒一起加入。大火煮开后转小火，慢炖1小时左右，加入食盐调味。

本补汤具有健脾开胃、利湿止泻的功效。适合食欲不振、胃口欠佳、大便溏薄的人群食用。

砂仁牛肉煲

【材料】砂仁6克，牛肉300克，生姜3片，大葱1根，料酒、食盐适量。

【做法】①牛肉洗净切块，砂仁洗净，大葱切段；②将牛肉、砂仁、姜片、料酒一起放入砂锅内，加清水适量，大火煮沸后改小火煮1小时，加入食盐调味。

本补汤具有温脾养胃、益气补虚的功效。适合脾胃虚寒、纳食不佳、容易疲乏的人群食用。

益智仁

雨馀想见药苗肥

雨馀想见药苗肥，
薯蓣堪羹杞可斋。
老贼何须投益智，
先生只要买当归。
——宋·杨万里《寄题喻叔奇国博郎中园亭二十六咏·其十五药畦》

《寄题喻叔奇国博郎中园亭二十六咏》为作者杨万里在游历友人喻叔奇的宅园时而作，共二十六首，吟咏了其中的二十六个景点。本诗乃第十五首，以园子里的药畦为主题进行描写。“雨馀想见药苗肥，薯蓣堪羹杞可斋。”一场大雨过后，药田里的药苗得到了甘霖的滋润，茁壮成长，其中的山药、枸杞之类已经可以采收做羹煲汤了。“老贼何须投益智，先生只要买当归。”人老了，年纪大了，何必一定要在田地里种益智呢？这时，只要当归就足矣。此两句借中药里的“益智”“当归”，表达了作者急流勇退、适时归隐的想法。

诗中所讲的益智，其果实就是益智仁，为药食两用的佳品。早在汉唐年间的典籍《异物志》中对其就有记载：“益智类薏苡，实长寸许，如枳椇子，味辛辣，饮酒食之佳。”可见，那时的人们就已经用其作下酒菜了。益智仁还有一个名字叫“状元果”。相传，有个员外老来得子，可是儿子从小体弱多病，呆滞木讷，各地名医都束手无策。后来，有位老道为其指点，深山中有一种“仙果”可以治疗。员外亲自去山中采来后，让儿子食用，结果不仅治好了儿子的病，儿子还变得非常聪明，后来考中了状元。中医学认为，益智仁功可温脾暖肾，常用来治疗脾肾阳虚导致的泄泻尿频、遗尿遗精等病症。

现代研究表明，益智仁具有保护神经、抗炎抑菌、抗肿瘤、抗氧化、提高记忆力等药理作用。

益智羊肉汤

【材料】益智仁 12 克，羊肉 300 克，生姜 3 片，大葱 1 根，淀粉、食盐适量。

【做法】①将各食材分别洗净，羊肉切块，大葱切段；②砂锅里放入适量清水，把羊肉、益智仁、姜片、葱段一起放入锅内，大火煮开后改小火炖约 1 小时，淀粉勾芡，加入食盐调味。

本补汤具有温补脾肾、壮腰缩尿的功效。适合身体怕冷、四肢不温、腰膝无力、小便频繁的人群食用。

[益智老鸭汤]

益智老鸭汤

【材料】益智仁 12 克，老鸭 1 只，桂圆干 6 个，大枣 6 枚，生姜 6 片，大葱 1 根，食盐适量。

【做法】①将各食材洗净，老鸭切成块，葱切丝备用；②大火烧热炒锅，不放油，放入鸭块、姜片和葱丝翻炒，至鸭肉水分收干，没有鸭腥味，关火盛出；③将炒过的鸭块放入炖锅中，倒入水，没过鸭块，煮沸后捞出鸭块，将水倒掉；④炖锅中再次加入热水，将煮过的鸭块放入锅中，大火煮开，放入益智仁、桂圆干、大枣，改小火炖约 1 小时，加入食盐调味。

本补汤具有温脾止泻、益气养血的功效。适合体质虚弱、气血不足、大便偏稀的人群食用。

藿　香

家家藿叶脍姜丝

杪春鳙白化为鲥，
正逐刀鱼上市时。
试向渔家一问讯，
家家藿叶脍姜丝。
——清·全祖望《牂柯江上偶然作·其二十一》

暮春时节，正值刀鱼上市，泛舟徜徉江上，偶遇打鱼之人，问候过后，得知家家户户都在忙着用藿香叶和生姜丝烹制刀鱼，享受这时令美味。鳙，鲚鱼（一种体如刀的鱼）的别称。刀鱼，又称刀鲚、毛鲚，与河豚、鲥鱼一起被称为“长江三鲜”，每年立春之后、清明之前，是品尝刀鱼的最佳时节，故民间有“刀不过清明”之说。新鲜的刀鱼，肉味鲜美，肥而不腻，配以芳香的藿叶和辛温的姜丝等调料进行烹饪，不失为一道气味绝好的珍馐。

诗中提到的藿香，是一种芳香草本植物，其翠绿的叶片会散发一股独特的清香，能够勾起人的食欲。正因如此，藿香叶成为了饮食佳品，常用来包饺子、做菜馍、煎菜饼、煲汤羹等，吃法多样。藿香还是一味道地的中药材，其叶和梗均能入药，功可化湿醒脾、辟秽和中、解表消暑。《本草正义》言：“藿香芳香而不嫌其猛烈，温煦而不偏于燥烈，能祛除阴霾湿邪，而助脾胃正气。”可见藿香的作用主要在于祛除湿邪，振奋脾胃之气。

现代药理研究表明，藿香能够调节胃肠运动功能，促进消化液分泌，保护肠屏障功能，是治疗消化系统疾患的常备中药之一。此外，藿香还有消炎抑菌、镇痛解热等药理作用。

藿香荷叶饮

【材料】藿香 15 克，荷叶 15 克，薏苡仁 30 克，乌梅 3 枚，冰糖适量。

【做法】①将藿香、荷叶、薏苡仁、乌梅洗净；②将洗净的材料一起放入砂锅内，加清水适量，大火煮沸后改小火煮 15 分钟；③纱布过滤取汁，加入冰糖调味。

本补汤具有解暑化湿、醒脾和胃的功效。适合暑湿时节食欲不振、身体困重、大便溏薄的人群食用。

藿香鲤鱼汤

【材料】藿香 15 克，鲤鱼 1 条，生姜 6 片，大葱 1 根，料酒、食盐适量。

【做法】①藿香洗净，葱洗净切段备用；②鲤鱼宰杀后去鳞和内脏，洗净，放入锅内，加入适量清水，将藿香、姜片、葱段、料酒一起加入，大火煮开后转小火，慢炖 1 小时，加入食盐调味。

本补汤具有健脾利水、化湿和中的功效。适合脾胃虚弱、纳食不佳、有浮肿倾向的人群食用。

薄　荷

芳草丛丛各作窠

芳草丛丛各作窠，
无名大抵药苗多。
山亭宴罢扶残醉，
记看官奴采薄荷。

——清·纪昀《乌鲁木齐杂诗之物产·其二十七》

本诗出自清代政治家、文学家纪昀（字晓岚）所写的《乌鲁木齐杂诗》，为纪氏被谪戍新疆两年左右后，应召回京的路上所作。与其他诗作不同，纪晓岚写《乌鲁木齐杂诗》的目的，是为了向后人一展清朝前期乌鲁木齐地区的社会状况和风土人情，从中不仅看不到他被贬时的沮丧忧郁，反而能发现一种盎然洒脱之趣。诗中讲述了纪晓岚在山亭作宴结束后，醉酒微酣，看到遍地一丛丛的香草，其中大多数都是无名的草药，不远处的奴仆正在认真地采着嫩绿清香的薄荷。全诗记叙了我国新疆的自然风光和当地的社会风情。

薄荷，虽然没有牡丹的华贵，也没有杜鹃的美丽，但是它清新的绿色是活力、生命力的象征，淡雅而独特的芳香沁人心脾，可以解人烦忧，让人保持清醒。薄荷又名银丹草，幼嫩的茎尖可作菜食，全草又能入药。中医学认为，其味辛、性凉，能够疏散风热、清利头目、利咽透疹、疏肝行气。明末中药典籍《药品化义》中载："取其性锐而轻清，善行头面，用治失音、疗口齿、清咽喉……取其气香而利窍，善走肌表，用消浮肿、散肌热、除背痛，引表药入营卫以疏结滞之气。"

现代研究发现，薄荷中含有薄荷油等挥发性成分；非挥发性成分主要包括黄酮、蒽醌、有机酸等酚类化合物，甘氨酸、天冬氨酸、缬氨酸等 16 种氨基酸，以及多种微量元素。药理学实验显示，薄荷中的薄荷油具有止痒、促进透皮吸收、抗真菌病毒等作用，非挥发性成分则有一定保肝利胆、抗肿瘤、抗氧化等作用。

薄荷蛋花汤

【材料】鲜薄荷30克，鸡蛋1个，食盐适量。

【做法】①将薄荷洗净，折成小段，鸡蛋打匀；②锅内放入适量清水，等水烧开后，将薄荷放入锅中，煮沸；③再将鸡蛋缓缓倒入锅中，加盐调味。

本补汤具有发汗解表、利咽解毒的功效。适合春秋季伤风、燥热、咽干严重的人群食用。

薄荷牛腩汤

【材料】鲜薄荷30克，牛腩300克，生姜6片，葱1根，食盐适量。

【做法】①牛腩洗净，用冷水浸泡1小时，切成块状，薄荷洗净，葱切段备用；②锅中加冷水，放入切好的牛腩，煮沸并将浮沫去除后捞出，温水洗净；③高压锅中加开水，加入姜片和葱段，上汽后转小火炖30分钟，炖好后泄压、打开盖子，再加入薄荷，继续煮3分钟，加入适量盐调味。

本补汤具有益气补虚、疏肝利咽的功效。适合体质较弱、胸胁胀痛、咽喉肿痛的人群食用。

紫 苏

香泛紫苏饮

山泉酿贤圣，艳曲听婵娟。
引酌梅竹下，醉卧云峰前。
何以解其酲，玉笋捧瓯圆。
香泛紫苏饮，醒心清可怜。
洗涤曲蘖昏，还观神明全。
先生得此物，手种当春天。
——宋·綦崇礼《蒙成大亨分送紫苏且以前书有戏谑语垂示解嘲辄次元韵》

诗人说，用山中清澈泉水酿成的美酒晶莹剔透，芬香馥郁，十分诱人。设宴于梅君竹兄之下，听着曼妙的歌曲，把酒言欢，开怀畅饮，甚是快活。不久，醉意来袭，睡眼蒙眬，真想卧倒在这高耸入云的山峰之前，一睡方休。这时，美丽的侍女用纤纤玉手端来一碗紫苏熬制的汤羹，以解酒醉之虞。芳香扑鼻的紫苏汤可以使神志清醒，恢复正常，能够洗去醉酒引起的昏沉，令人神清气爽，内心明朗。先生如果能够得到紫苏这样的好物，一定要于万物复苏、春暖花开之时亲手把它种下。

在很多人家的花园中，经常可以看到一种植物，它颜色淡紫，气味芳香。那就是诗中提到的紫苏，为药食两用的佳品。餐桌上时常能见到紫苏的身影，紫苏饺子、炸紫苏叶、紫苏煲汤等，不一而足。紫苏解酒醒神的作用自不必说，除此之外，它还可以解鱼蟹之毒。相传，这一作用是华佗在采药时发现的。一次，他看到水獭吃完一条大鱼之后，躺在地上不能动弹，似中毒之状。一只老水獭叼来一种紫色野草，把草放在中毒水獭的嘴边，让它吃下。顷刻间，中毒的水獭恢复如初，活蹦乱跳地走了。这种紫色的野草就是紫苏。《名医别录》中谓其“主下气，除寒中”，即能够行气宽中，温胃止呕。

现代药理研究显示，紫苏的主要活性成分是挥发油，富含对人体有益的不饱和脂肪酸、粗蛋白、纤维素等营养物质，具有抗过敏、抗氧化、降血脂、降血糖、抑菌、止痛、安胎、提高记忆等多种药理作用。

紫苏花鲢汤

【材料】花鲢 1 条，紫苏叶 15 克，生姜 6 片，大葱 1 根，料酒、食盐适量。

【做法】①紫苏叶洗净，大葱洗净切段；②花鲢去鳞和内脏，洗净，放入烧热的油锅中，煎至两面微黄；③加入适量热水，将姜片、葱段、料酒一起放入锅中，大火烧开后改小火，慢炖 1 小时，出锅前 3 分钟加入紫苏叶，最后加入食盐调味。

本补汤具有醒脾开胃、益气养血的功效。适合脾胃虚弱、食欲不振、气血不足的人群食用。

[紫苏花鲢汤]

紫苏陈皮饮

【材料】紫苏叶 15 克，陈皮 12 克，白扁豆 15 克，红糖适量。

【做法】①将紫苏叶、陈皮、白扁豆分别洗净；②陈皮和白扁豆放入砂锅内，加清水适量，大火煮沸后改小火煮 15 分钟；③加入紫苏叶，再煮 3 分钟，纱布过滤取汁，加入红糖调味。

本补汤具有宽中理气、祛湿止泻的功效。适合胸胁不舒、胃中胀满、大便溏薄的人群食用。

芦　根

馀润长鲜绿

芦生井栏上，萧骚大如竹。
移来种堂下，何尔短局促。
茎青甲未解，枯叶已可束。
芦根爱溪水，馀润长鲜绿。
强移性不遂，灌水恼僮仆。
晡日下西山，汲者汗盈掬。

——宋·苏辙《赋园中所有十首·其三芦》

芦苇生长在水井的围栏旁，稀稀疏疏，如竹子一般大小。将其移种到厅堂的台阶之下，可是芦苇长得不是很好，没过多久，枯萎的叶子已经一大把。原来芦苇是水生或湿生植物，多生长在池沼、河岸、溪边等浅水地区，有溪水的滋润，它才能新鲜嫩绿，强行将其移栽到庭院里，而没有顺遂它的生长习性，就会导致其长势不好。于是，诗人便让仆人去打溪水来浇灌芦苇，但这似乎有点惹恼了他们，因为要给芦苇浇很多的水。日落西山之时，打水的人早已汗流浃背，筋疲力尽。

“蒹葭苍苍，白露为霜。所谓伊人，在水一方。”这美妙动听的诗句出自《诗经·秦风》里的《蒹葭》篇。蒹葭，是古人对芦苇的称谓，特指长出不久、尚未开花的芦苇。芦苇的地下根茎——芦根，便是药食两用的佳品。民谚有云：“春饮芦根水，夏喝绿豆汤，百病不生更硬朗。”说明芦根有良好的保健功能。唐代中药典籍《药性论》中谓其：“能解大热，开胃，治噎哕不止。”中医学认为，芦根性寒、味甘，功可清热泻火、生津止渴、除烦止呕，临床上常用于治疗热病烦渴、肺热燥咳、内热消渴、肺痈吐脓等病症。

现代药理研究显示，芦根中含有多糖类、甾体类、黄酮类、蒽醌类及挥发性成分等化学成分，具有一定的抗氧化、保肝等作用，可用于治疗感冒、扁桃体炎、急慢性支气管炎、口臭、肺脓疡、急慢性肝炎等多种疾病。

芦根绿豆饮

【材料】芦根 30 克，绿豆 30 克，冰糖适量。

【做法】①将芦根、绿豆洗净，一起放入砂锅内，加清水适量；②大火煮沸后改小火煮 30 分钟，加入冰糖调味。

本补汤具有清热解暑、生津止渴的功效。适合暑热时节舌红口干、小便发黄的人群食用。

［芦根绿豆饮］

芦根雪梨汤

【材料】芦根 30 克，雪梨 1 个，蜂蜜、冰糖适量。

【做法】①芦根洗净，雪梨去皮核，切成小滚刀块；②将芦根、雪梨块一起放入砂锅内，加清水适量，大火煮沸后改小火煮 15 分钟，加入蜂蜜、冰糖调味。

本补汤具有清热生津、滋阴润肺的功效。适合秋燥时节干咳无痰、皮肤干燥、舌质偏红的人群食用。

覆盆子

别后解餐蓬虆子

曲阳分散会京华，见说三年住海涯。
别后解餐蓬虆子，向前未识牡丹花。
偶逢日者教求禄，终傍泉声拟置家。
踏雪携琴相就宿，夜深开户斗牛斜。

——唐·贾岛《逢博陵故人彭兵曹》

本诗描写了作者与博陵的老友彭兵曹在曲阳分别，又重会京城，说起住在外地的三年时光。蓬虆子，即覆盆子；日者，古时以占候卜筮为业的人；斗牛，二十八宿中的斗宿和牛宿，借指星星。作者写道：自从上次一别之后，我便在外面风餐露宿，饿了就以生长在田野里的覆盆子为食，还见到了娇艳多姿、芳香浓郁的牡丹花。偶然遇到占候卜筮的人，教导我去求取俸禄，但最终我还是选择去依山傍水的地方居住。脚踏冬雪，身带古琴，到达住宿的地方，夜深人静之时，抬眼望去，天上的星星一闪一闪地变换着位置，仿佛在告诉人们时间已经不早了。

诗中所说的蓬虆子，就是现在的覆盆子，早在两千年前的中药著作《神农本草经》中就有记载“蓬虆，味酸平。主安五脏，益精气……久服轻身不老。一名覆盆”，并将其列为上品。覆盆子是较为常见的食材，状如草莓，柔嫩多汁，可以直接当水果吃，也可以做成覆盆子蛋糕、覆盆子果酱等。此外，用覆盆子煲汤也是不错的选择，有固精缩尿、养肝明目的功效。中医师常用覆盆子来治疗滑精遗精、尿频遗尿、阳痿早泄、目暗昏花等病症。

现代药理研究发现，覆盆子的主要化学成分有萜类、黄酮类、生物碱、酚酸类等物质，有一定的抗氧化、抗肿瘤、延缓衰老、降低血糖和血脂、抗炎等药理作用。覆盆子中维生素 E 的含量也十分丰富，经常食用可以提高免疫力、美容养颜。

覆盆枸杞汤

【材料】覆盆子 30 克，枸杞子 15 克，大枣 9 克，冰糖适量。

【做法】①将覆盆子、枸杞子和大枣分别洗净；②锅内放入适量清水，加入覆盆子、枸杞子和大枣，大火煮开后改小火煲 30 分钟，加入冰糖调味。

本补汤具有滋养肝肾、固精明目的功效。适合眼睛干涩、视物不清、时有腰酸的人群食用。

［覆盆牡蛎汤］

覆盆牡蛎汤

【材料】覆盆子 15 克，生牡蛎肉 150 克，生姜 6 片，大葱 1 根，料酒、盐适量。

【做法】①牡蛎肉洗净沥水，覆盆子洗净，大葱洗净切段；②锅内加入适量清水，大火煮开后，放入覆盆子煮 15 分钟，加入牡蛎肉、姜片、葱段、料酒，氽烫 3 分钟左右，加盐调味。

本补汤具有滋阴补虚、养血涩精的功效。适合身体偏弱、容易疲劳、腰酸乏力、夜尿较多的人群食用。

葛　根

葛根如胆嚼如饴

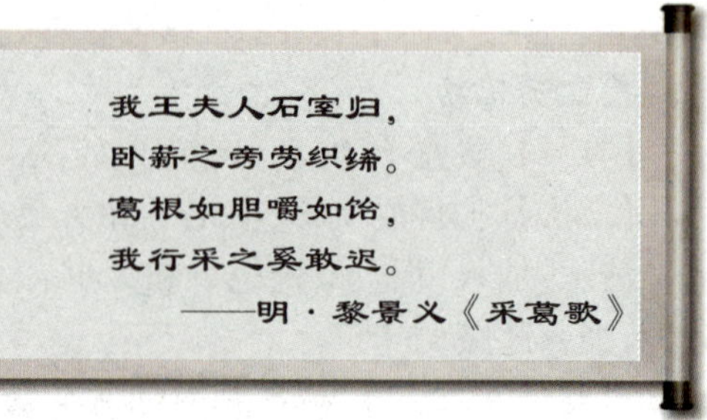

本诗歌以采葛劳动人民的口吻，侧面讲述了越王勾践卧薪尝胆的故事。春秋时期，越国被吴国打败后，越王勾践立志报仇，他睡觉卧在柴薪之上，坐卧的地方挂着苦胆，吃饭、睡觉前都要尝一尝，以此鞭策自己不忘耻辱。同时，为了使越国富强起来，他亲自下地耕种，还让自己的夫人发展织布，用来鼓励生产。越王夫人所进行的是葛布纺织，诗歌中描述的即是越国劳动人民采摘葛根以供织布的情景。其实，葛根不仅可以用来织布，而且还能作为食物，制成保健食品。“嚼如饴”就是对葛根味道的描写。

从诗歌中可以看出，葛根在两千多年前就被人们所使用。实际上，用来织布只是它的一部分功用，其重要价值主要体现在养生保健方面。葛根因其出色的保健价值而有“亚洲人参”的美誉，葛粉则被称为“长寿粉”。中医学认为，葛根性凉，味甘、辛，有解肌退热、发表透疹、生津止渴、升阳止泻的功效。《本草纲目》记载其可以“止渴，排毒，利大小便，解酒，去烦热”，故常用于治疗表证发热、麻疹不透、热病口渴、热泻热痢等病症。

国内外研究发现，葛根的主要化学成分包括葛根素、大豆苷元、大豆苷等异黄酮类，三萜类，香豆素和葛根苷类，生物碱，淀粉以及氨基酸；还含有多种微量元素，在降血压、抗动脉粥样硬化、降血糖、解酒护肝等方面有一定优势。葛根黄酮具有雌激素样作用，对中年妇女和绝经期妇女养颜保健作用明显。

葛根排骨汤

【材料】葛根 120 克，排骨 300 克，生姜 6 片，大葱 1 根，料酒、食盐适量。

【做法】①将排骨、葛根分别洗净，葛根去皮切块，葱切段备用；②大火烧热炒锅，不放油，放入排骨、料酒、姜片和葱段翻炒，至没有腥味，关火盛出；③炖锅中加入适量热水，将炒过的排骨放入锅中，大火煮开，放入葛根，改小火炖约 1 小时，加入食盐调味。

本补汤具有补虚开胃、生津止渴的功效。适合体质偏弱、胃口不佳、口干舌红的人群食用。

葛根猪肺汤

【材料】葛根 150 克，猪肺 1 个，大枣 9 枚，葱、姜、料酒、食盐各适量。

【做法】①猪肺洗净切片，葛根洗净、去皮、切块，大枣洗净；②锅内放清水适量，加入猪肺、葛根和大枣，大火煮开后改小火继续煮 1 小时，加入食盐调味。

本补汤具有补肺止咳、清热生津的功效。适合体虚久咳、口渴欲饮的人群食用。

昆　布

海有昆布，其谁衣之

唐蒙有丝，不可以缝。
戴星有谷，不可以舂。
天有匏瓜，其谁食之。
海有昆布，其谁衣之。
——明·公鼐《唐蒙有丝》

本诗通过对具有相同名字而实则为不同事物的描写，阐发了名同而实异，对待事物需要弄清其根源的道理。唐蒙是西汉的官吏，是“西南丝绸之路”的筑路者和奠基者，故曰“唐蒙有丝”，然而此“丝”并不能缝衣。戴星，是谷精草的别名，见于《本草纲目》，其名虽然有“谷”，然而并不能被捣碎。“天有匏瓜”，指天上有颗星名为匏瓜，名中虽然有“瓜”，但是并不能吃。昆布是一种植物，生长在海里，其名虽然有“布”，但是并不能当作衣服来穿。从这几个例子中，可以看出作者的博学和用心。

昆布是一种养生益寿的保健佳品，素有“长寿菜”的美誉，据说当年秦始皇派人去“东国”用重金换来的“长生不老药”，即是昆布一类的海藻。昆布的食用方法多种多样，可以做成酢昆布、昆布卷、昆布茶等，也可以煲汤、做菜。中药里所讲的昆布，是海带科植物海带或翅藻科植物昆布的干燥叶状体。中医学认为，昆布味咸、性寒，有软坚散结、消痰利水之功。《名医别录》言其可“主十二种水肿，瘿瘤聚结气，瘘疮”，临床上常用其来治疗瘿瘤瘰疬、睾丸肿痛、痰饮水肿等病症。

昆布的营养价值颇高，其中含有多聚糖、氨基酸、胡萝卜素、核黄素、烟酸、脂肪酸等化学成分，还含碘、钙、铁、钠、镁等元素。现代药理研究显示，昆布具有抗肿瘤、抗凝血、降压、降脂、降糖、调节免疫、抗辐射、抗病毒等多种药理活性。

昆布豆腐汤

【材料】昆布 30 克，豆腐 1 块，甜椒 1 个，生姜 3 片，大葱 1 根，生抽、食盐适量。

【做法】①昆布洗净切条，豆腐切小块，甜椒洗净切片，大葱洗净切段；②锅内加入适量清水，放入昆布、豆腐、甜椒、姜片和葱段，大火煮开后小火慢炖 30 分钟，加入适量生抽、食盐调味。

本补汤具有消痰降脂、排毒养颜的功效。适合喉中有痰、血脂偏高、面色不华、大便不畅的人群食用。

［昆布瘦肉汤］

昆布瘦肉汤

【材料】昆布 30 克，猪瘦肉 90 克，生姜 3 片，大葱 1 根，料酒、食盐适量。

【做法】①昆布洗净切条，猪瘦肉洗净切丝，大葱洗净切段；②锅内加入适量清水，放入昆布、肉丝、姜片、葱段和料酒，大火煮开后小火慢炖 30 分钟，加入适量食盐调味。

本补汤具有益气补血、利湿化痰的功效。适合气血不足、容易生痰的人群食用。

石 斛

贮水凡几斛

凿石空其中，
贮水凡几斛。
渊渟或可鉴，
童子慎毋触。
——宋·刘安上《西斋杂咏六首·其六石斛》

《西斋杂咏六首》为作者在书斋见景抒情，随物吟咏而作，一共六首，描写了六种植物，分别是葵花、桧柏、竹子、冬青、菊花和石斛，此为第六首石斛。“凿石空其中，贮水凡几斛。”作者用工具凿空石头的中间，并于其中注水几许，插入几根石斛种在里面。“渊渟或可鉴，童子慎毋触。”洞中的水面没有丝毫涟漪，平静得如镜子一般，能够倒映出周围的景物。顽皮的小孩可要小心谨慎啊，千万不要触碰用心栽培的石斛。

石斛，既是临床常用的滋补中药，也是家喻户晓的保健佳品，其品种繁多，较为常见的有金钗石斛、霍山石斛、鼓槌石斛、铁皮石斛等。人们认识食用石斛的历史源远流长，早在《神农本草经》中就将其列为上品，并谓其：“主伤中，除痹，下气，补五脏虚劳羸瘦，强阴。久服厚肠胃，轻身延年。”唐代开元年间的道家经典《道藏》把其列为中华九大仙草之首。石斛也因此成为名贵的养生珍品，被制成各种形式的保健产品。中医学认为，石斛性微寒、味甘，有益胃生津、滋阴清热的功效，常用来治疗热病津伤、口干烦渴、胃阴不足、阴虚火旺等病症。

现代对石斛的研究很多，药理学实验表明，石斛中含有多糖、生物碱、黄酮、酚类、萜类等化学成分，还包含多种氨基酸、微量元素、鞣质、甾醇等，具有增强免疫力、缓解糖尿病及其并发症、抗肿瘤、延缓衰老、护肝等多种作用。

石斛老鸭汤

【材料】老鸭 300 克，石斛 15 克，桂圆干 6 个，大枣 6 枚，生姜 6 片，大葱 1 根，食盐适量。

【做法】①将各食材洗净，鸭肉切成块，石斛切段、葱切丝备用；②大火烧热炒锅，不放油，放入鸭块、姜片和葱丝翻炒，至鸭肉水分收干，没有鸭腥味，关火盛出；③将炒过的鸭块放入炖锅中，倒入水，没过鸭块，煮沸后捞出鸭块，将水倒掉；④炖锅中再次加入热水，将煮过的鸭块放入锅中，大火煮开，放入石斛、桂圆干、大枣，改小火炖约 1 小时，加入食盐调味。

本补汤具有养阴清热、滋润补虚的功效。适合体质虚弱、舌红口干、容易疲劳的人群食用。

石斛枸杞汤

【材料】石斛 30 克，枸杞子 15 克，大枣 6 枚，冰糖适量。

【做法】①将石斛、枸杞子、大枣分别洗净，石斛切碎段；②上述材料一起放入砂锅内，加清水适量，大火煮沸后改小火煮约 1 小时，加入冰糖调味。

本补汤具有滋阴补肝、养颜明目的功效。适合口渴舌红、眼睛干涩、皮肤欠佳的办公室人群食用。

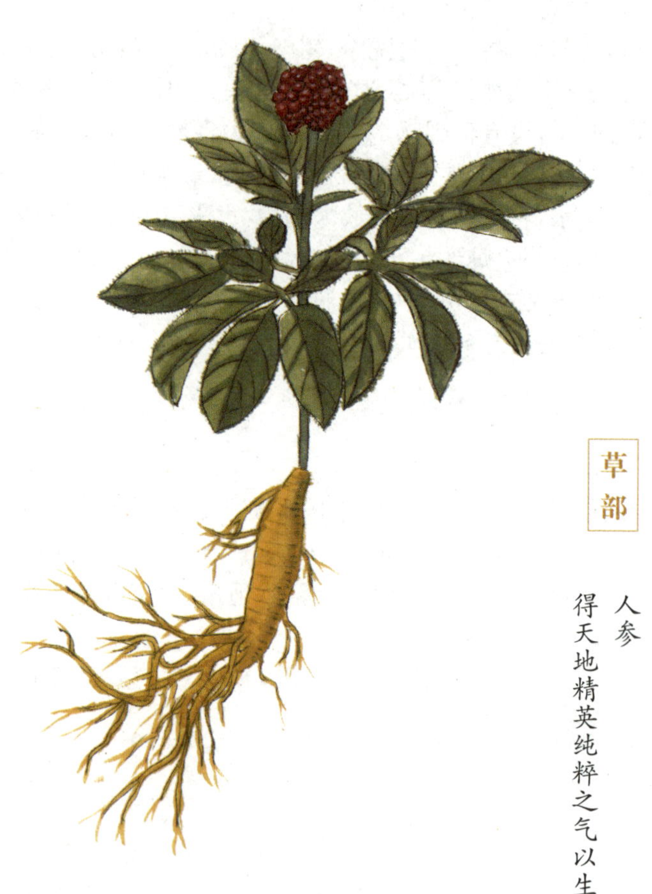

草部

人参

得天地精英纯粹之气以生

谷部

薏苡仁

滑欲流匙香满屋

初游唐安饭薏米，炊成不减雕胡美。
大如芡实白如玉，滑欲流匙香满屋。
腹腴项脔不入盘，况复餐酪夸甘酸。
东归思之未易得，每以问人人不识。
呜呼，奇材从古弃草菅，君试求之篱落间！

——宋·陆游《薏苡》

作者写道：当初在唐安从军时，经常以薏米（薏苡的种仁）为饭。雕胡，茭白的子实，即菰米，煮熟即为雕胡饭。薏米饭做成之后，不论是外观还是味道，都不亚于雕胡饭。薏苡仁个大圆润如芡实一般，洁白无瑕像美玉一样。盛薏米饭的时候，滑得要流出饭匙，扑鼻而来的香气溢漾整个屋子。有了此饭，就连肥美的鱼肉也不想吃了，更何况人们说的乳酪等甘酸饭食呢？只可惜东归长安之后，很难再吃到薏米饭了，每次问起其他人，他们都说不知道此物。唉，才能非常之人自古就被抛弃在草莽之间，你要想找到他们，就到篱笆间去吧！

从诗中可以看出，薏苡仁被当作粮食煮饭的历史颇为悠久。其实，早在唐代开元年间的《广济方》中就有记载：“薏苡仁饭，治冷气。用薏苡仁舂熟，炊为饭食，气味欲如麦饭乃佳。”薏苡仁不仅可以当作饭食，而且还具有非常高的药用价值。据说，大唐王朝的大学士魏征经常腹泻，深受其扰，众太医多次把脉用药，但不见效果。后来得药王孙思邈指点，每天用薏苡仁煮粥食下，1个月后便慢慢好转，服用3个月时，腹泻已然痊愈。中医学认为，薏苡仁能够健脾止泻、利水渗湿、排脓除痹，临床上常用来治疗脾虚泄泻、小便不利、湿痹拘挛、肺痈肠痈等病症。

薏苡仁营养价值颇高，富含蛋白质、脂肪、碳水化合物、钙、磷、铁、维生素 B_1、维生素 B_2、维生素 C 等多种营养成分，经常食用可以使皮肤光滑细腻，能够防止皮肤脱屑、皲裂、粗糙。

薏苡仁冬瓜汤

【材料】薏苡仁 30 克，冬瓜 300 克，白扁豆 15 克，食盐适量。

【做法】①将薏苡仁、白扁豆洗净，冬瓜洗净切块；②将上述材料一起放入砂锅内，加清水适量，大火煮沸后改小火；③煮至薏苡仁烂熟后，加入食盐调味。

本补汤具有健脾和中、化湿止泻的功效。适合肢体困重、纳食不佳、大便溏薄的人群食用。

[薏苡仁猪蹄汤]

薏苡仁猪蹄汤

【材料】薏苡仁 45 克，猪蹄 240 克，生姜 3 片，大葱 1 根，大枣 6 枚，料酒、食盐适量。

【做法】①将各食材洗净，猪蹄斩块，大葱切段；②砂锅内放入猪蹄和适量清水，将水烧开，撇去浮沫；③加入薏苡仁、大枣、料酒、生姜和葱段，小火炖约 1 小时，加入食盐调味。

本补汤具有健脾胃、养气血、润肌肤的功效。适合食欲不振、气血不足、皮肤黯淡的爱美人群食用。

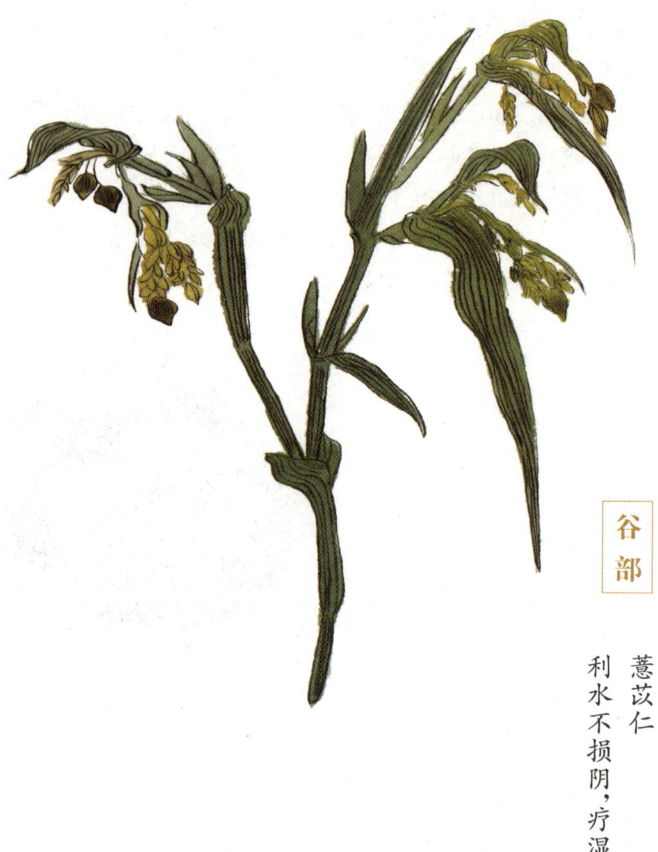

谷部

薏苡仁

利水不损阴，疗湿痹有神

果部

乌 梅

瓶罍只自将

溪深菱芡香，花落读经床。
露叶千畴拭，风梢一院凉。
白头鹭目子，玄饮乌梅汤。
转入村林去，瓶罍只自将。
——明·袁宏道《早秋晓行入寺》

初秋季节，拂晓时分，行路于寺中。路边的小溪深不见底，生长于其中的菱角和芡实散发出淡淡的清香。树上的花儿随风飘舞，散落在读经时的床榻上。一阵清风吹过，沾满露水的叶子嗦嗦作响，上面的露水被风拭过，洒落在地上，初秋的早晨已然有了一丝凉意。玄饮，唐朝《大业杂记》有载："先有筹禅师，仁寿间常在内供养，造五色饮，以扶芳叶为青饮，楥楔根为赤饮，酪浆为白饮，乌梅浆为玄饮，江桂为黄饮。"即乌梅汤为玄饮，盖因其颜色为黑色。用瓶子装满美味的乌梅汤，去山间树林中云游一番，岂不快哉！

乌梅作饮，历史颇为悠久，从上文所讲的《大业杂记》中可见一斑。时间回到一千多年前的唐朝，那时没有电风扇、空调等消暑降温的工具，人们是怎样度过炎炎夏日的呢？乌梅汤是一个非常好的选择。古人将乌梅、山楂、甘草、陈皮、洛神花、桂花、冰糖放在一起煮汤。盛夏之时，饮用一碗乌梅汤，酸甜可口，清香怡人，既能消暑解渴，又可愉悦心情。中医学认为，乌梅性平，味酸、涩，有敛肺涩肠、生津安蛔之功，临床上常用来治疗肺虚久咳、久泻久痢、虚热消渴、蛔厥腹痛等病症。

现代药理实验显示，乌梅中的化学成分多样，药理作用广泛，其中包含有机酸、萜类、甾醇类、氨基酸、糖类及其衍生物等，具有抑菌、镇咳、抗肿瘤、镇静催眠、降血糖、降血脂等多种功效。

乌梅绿豆饮

【材料】乌梅9枚，绿豆30克，冰糖适量。

【做法】①将乌梅、绿豆分别洗净，一起放入砂锅内；②加清水适量，大火煮沸后，改小火慢炖；③煮至绿豆软烂，加入冰糖调味即成，冰镇后味道更佳。

本补汤具有消暑除烦、生津止渴的功效。适合暑夏季节口干舌红、小便发黄、心情烦躁的人群食用。

乌梅排骨汤

【材料】乌梅6枚，排骨300克，大枣6枚，生姜3片，大葱1根，料酒、醋、食盐适量。

【做法】①将排骨洗净、斩块，备用；乌梅、大枣洗净；生姜洗净，大葱切段；②砂锅内放入排骨和适量清水，将水烧开，撇去浮沫；③炒锅内放油，烧热，加入料酒、醋爆炒排骨；④加入热水，放入乌梅、大枣、生姜和葱段，小火炖约1小时，加入食盐调味。

本补汤具有健脾止泻、滋润清补的功效。适合脾胃虚弱、食欲不振、大便偏稀的人群食用。

大　枣

红枣挂枝秋已熟

黄蝶寻花褪薄衣，槐阴吹老漏斜晖。
红枣挂枝秋已熟，打应稀。
不断雁声和月叫，重惊鸦宿带霜飞。
田有香粳园有菊，几时归。

——清·曹尔堪《山花子·秋晚》

这首词描绘了一幅秋天傍晚时分，落日余晖下的美好景象。翩翩起舞的蝴蝶飞在花丛中四处找寻绚丽的花朵，古老的槐树枝条在微风中摇曳，西边的太阳洒下光辉，地上的树影斑驳可见。挂在枝头的红枣早已成熟，一颗颗饱满红润，惹人喜爱，等待着人们来采收。南飞的大雁和着初升的月亮叫声连连，惊动了栖息在树上的老鸦，让它们也一同飞起。田地里种着粳米，园子里栽着菊花，望过去是一片金灿灿的画面。不知外出的人何时能够归来呢？

大枣在我们平时的饮食中再常见不过，煮粥、煲汤、泡茶时都能见到它的身影。红艳的外表下有一颗甘甜的内心，不仅赏心悦目，更能怡养身体，是日常生活中不可或缺的养生伴侣。早在两千多年前的中药典籍《神农本草经》中，大枣就被列为上品，可见其入药也有悠久的历史。中医学认为，大枣性温、味甘，能够补脾和胃、益气养血、调和营卫，可用于治疗脾虚便溏、胃弱食少、气血不足、营卫失和等病症。

大枣味道甘美，营养丰富，素有“天然维生素丸”的美誉，富含维生素 A、B 族维生素、维生素 C，其中维生素 C 的含量是苹果和葡萄的 70～80 倍，常被作为延年益寿的佳品食用，故有民间谚语：“一日三枣，一辈不老。”研究发现，大枣中含有三萜类、皂苷类、生物碱类、黄酮类、糖苷类、核苷类、氨基酸类、维生素类、有机酸类、甾体类等多种化学成分，具有免疫调节、抗肿瘤、延缓衰老、镇静安神、降低血压等作用。

大枣花生莲子饮

【材料】大枣 30 克，花生 15 克，莲子 12 克，冰糖适量。

【做法】①将大枣、花生、莲子洗净，一起放入砂锅内；②加清水适量，大火煮沸后改小火；③煮至花生、莲子烂熟，加入冰糖调味。

本补汤具有健脾益气、养血安神的功效。适合脾胃虚弱、气血不足、夜寐欠安的人群食用。

大枣玉米排骨汤

【材料】大枣 15 克，排骨 300 克，玉米 1 根，生姜 3 片，大葱 1 根，料酒、醋、食盐适量。

【做法】①将各食材洗净，玉米、大葱切段；②砂锅内放入排骨和适量清水，将水烧开，撇去浮沫；③炒锅内放油，烧热，加入料酒、醋爆炒排骨；④加入热水，放入玉米、大枣、姜片和葱段，小火炖约 1 小时，加入食盐调味。

本补汤具有健脾开胃、清润滋补的功效。适合胃口欠佳、气血亏虚、容易疲乏的人群食用。

木 瓜

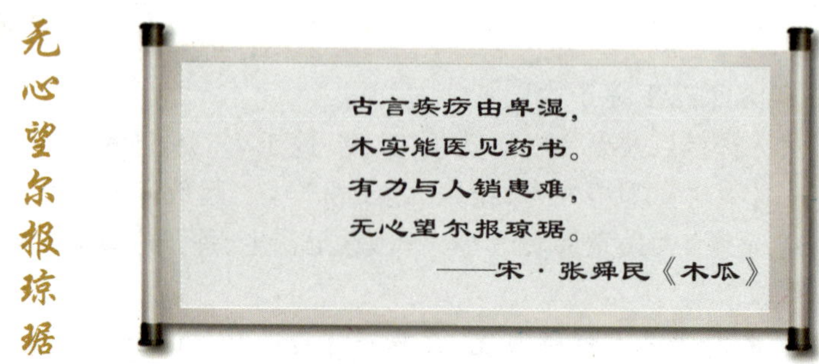

这首诗从文学家的角度描述了木瓜疗疾一事，并对木瓜进行了歌颂。“古言疾疠由卑湿，木实能医见药书。”疾疠，指瘟疫一类的流行性急性传染病。古人曾云，像瘟疫这样的疾病多因湿邪侵袭人体而致，而木瓜能够医治此等疾病也是有医书记载的。“有力与人销患难，无心望尔报琼琚。”琼琚，精美的玉佩，喻指还报的厚礼。此两句借助《诗经·卫风·木瓜》中的“投我以木瓜，报之以琼琚”，赞扬木瓜一心为人治病，而不求回报的可贵精神。

木瓜，是一种药食俱佳的瓜果，素有“百益果王”之称，其营养丰富，味道酸甜，是平日用来煲汤不错的食材。木瓜早在《诗经》中就有记载，可见其被人知晓使用的历史相当悠久。木瓜的颜色金黄或青绿，气味淡雅芳香，所以还是一种较好的观赏植物。古代的文人墨客在诗词中对其多有赞美，如唐代刘言史的《看山木瓜花》、宋代梅尧臣的《次韵和王尚书答赠宣城花木瓜十韵》等。中医学认为，木瓜性温、味酸，有舒筋活络、和胃化湿之功，临床上常用其治疗湿痹拘挛、暑湿吐泻、关节酸痛、脚气水肿等病症。

现代药理研究发现，木瓜中主要包含有机酸类、黄酮类、三萜类等化学成分，还含有皂苷、糖类、氨基酸等营养物质，具有抗炎镇痛、保肝、抗肿瘤、松弛胃肠道平滑肌、增强免疫功能等作用。

木瓜带鱼汤

【材料】木瓜 150 克，带鱼 300 克，生姜 3 片，大枣 6 枚，食盐适量。

【做法】①带鱼洗净（腹内黑膜刮净）、切块，木瓜洗净、切块，大枣洗净；②热锅内放油，待油烧至七成热，放入带鱼块和姜片，小火煎至两面微黄；③砂锅内放入适量清水煮开，加入带鱼、木瓜、大枣和生姜，小火炖 1 小时，加入食盐调味。

本补汤具有健脾开胃、补血养肝的功效。适合气血不足、食欲不振、面色欠佳的人群食用。

【木瓜带鱼汤】

木瓜猪蹄汤

【材料】木瓜 150 克，猪蹄 300 克，生姜 3 片，大葱 1 根，大枣 6 枚，料酒、食盐适量。

【做法】①将各食材洗净，猪蹄、木瓜切块，大葱切段；②砂锅内放入猪蹄和适量清水，将水烧开，撇去浮沫；③加入料酒、木瓜、大枣、生姜和葱段，小火炖约 1 小时，加入食盐调味。

本补汤具有开脾胃、补气血、润肌肤的功效。适合胃口不佳、气血亏虚、皮肤松弛的爱美人群食用。

山　楂

开遍山楂又木樨

宿雨初晴策短藜，看云行到乱峰西。
眼前图画无人绘，皮里诗囊且自携。
果熟静观连蒂落，松高曾记与眉齐。
分明一簇香风过，开遍山楂又木樨。
——明·成鹫《罗浮山三十咏·其五》

本诗为作者游历罗浮山时，面对大好河山，有感而发所作的三十首诗中的一首。作者写道：昨夜雨水过后，今早天气放晴，手里拄着短短的藜杖，一路行走到山峰的西面。眼前一片重峦叠嶂，云海缭绕，可惜没有人将其绘出来，那就权且用文字把它记录下来吧。果实熟了，静静观赏它连同果蒂一起落下；登到山顶，与高高的松树一起俯瞰大地。忽然一阵香风吹过，抬眼望去，原来是满山的山楂和木樨都已开花。整首诗写得直截了当，卓厉痛快，浑然天成，不事雕琢，给人一种积极向上、阳光洒脱的美好感觉。

山楂对于人们来说再熟悉不过了。“都说冰葫芦儿酸，酸里面它裹着甜；都说冰葫芦儿甜，可甜里面它裹着酸。”一首《冰糖葫芦》唱遍大街小巷，可谓无人不知，无人不晓。山楂的制法多样，可以做成山楂汁、山楂糕、果丹皮等。山楂如此广为人知，不仅因其酸甜可口、红艳悦目，更重要的还在于它的药用价值。明代李时珍在《本草纲目》中载其可以“化饮食，消肉积、癥瘕、痰饮、痞满吞酸、滞血痛胀”，中医临床上常用其来治疗肉食积滞、脘痞胀满、泻痢腹痛、瘀血经闭等病症。

近年来的研究发现，山楂具有降脂、降压、强心的作用，常用于治疗血脂异常、高血压病、冠心病等。药理研究显示，山楂中含有黄酮类、黄烷及其聚合物类、三萜类、有机酸类等多种化学成分，还具有抗氧化、抗肿瘤、保肝、抗菌等药理作用。

山楂莲子羹

【材料】山楂15克，莲子30克，冰糖适量。

【做法】①将山楂、莲子洗净，山楂去核；②将山楂、莲子一起放入砂锅内，加清水适量，大火煮沸后改小火，煮约45分钟，加入冰糖调味。

本补汤具有消食开胃、养心安神的功效。适合食欲不振、心神不宁、夜寐欠佳的人群食用。

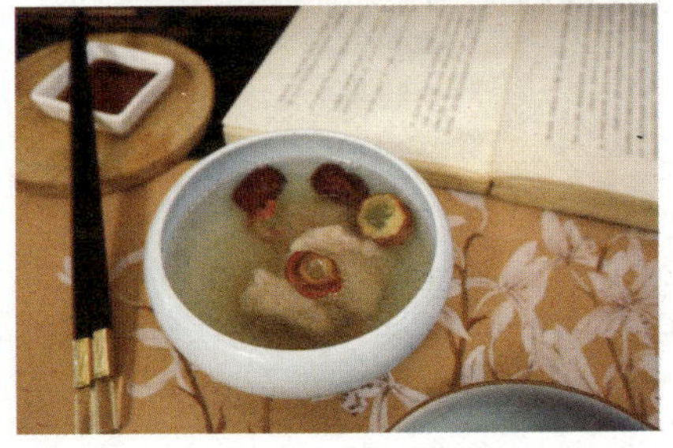

【山楂排骨汤/廖永明·云南】

山楂排骨汤

【材料】山楂30克，排骨300克，大枣6枚，生姜3片，大葱1根，料酒、醋、食盐适量。

【做法】①将各食材洗净，山楂去核，大葱切段；②砂锅内放入排骨和适量清水，将水烧开，撇去浮沫；③炒锅内放油，烧热，加入料酒、醋爆炒排骨；④加入热水，放入山楂、大枣、生姜和葱段，小火炖约1小时，加入食盐调味。

本补汤具有健脾开胃、益气补虚的功效。适合脾胃虚弱、纳食不佳、容易疲劳的人群食用。

陈　皮

熟炙橘皮汤

我自立溪上，水流何太忙。
年年松树绿，日日峡桥长。
林月窥岩户，山风压草堂。
几人相对暇，熟炙橘皮汤。
——明·释函是《栖贤山居十首·其七》

本诗描绘了一幅僧人在栖贤寺中闲来无事，煎煮橘皮汤打发时间的惬意画面。山间的溪水匆匆忙忙自上奔流而下，苍翠的松树年年枝叶茂盛，生机勃勃，溪上的小桥一直静卧在那里，方便过往的人们跨越溪水。天上的月光透过林间的缝隙肆意挥洒，山间的清风袭来，吹向草堂。空暇时分，几个好友相对而坐，一起煮一锅香美的橘皮汤，让其淡雅的清香缭绕在房间内，沁人心脾的味道令人心旷神怡，所有的烦恼也都随之烟消云散。

陈皮，又称橘皮，为芸香科植物橘及其栽培变种的干燥成熟果皮。南北朝时期著名的医学家陶弘景曾提出“橘皮用陈者良”，从陈皮的名字中也可以看出一二。陈皮性温，味苦、辛，入脾、肺经，能够理气健脾、燥湿化痰。《名医别录》说其可“下气，止呕”，常用于治疗脘腹胀满、食少吐泻、咳嗽痰多等病症。日常生活中，陈皮不仅是一味良药，而且还可以用来烹菜、煲汤，既可调节味道，又可去腥除膻、增色提香，可谓一举两得。

现代研究发现，陈皮中主要含有挥发油、黄酮类、有机胺类，以及钾、钙、钠、镁、锌、铜等元素。药理研究显示，陈皮具有抗炎、抗氧化、降脂等作用，同时还可以调节血压、抗血小板聚集、杀虫，以及抑制真菌活性。

陈皮乌鸡汤

【材料】陈皮 9 克，乌鸡 240 克，大枣 9 枚，生姜 6 片，食盐适量。

【做法】①陈皮泡开，洗净，切丝备用；②乌鸡洗净，切块，放入盛有清水的锅内，大火烧开，撇去浮沫；③放入陈皮、大枣和姜片，小火煮 1 小时，加食盐调味。

本补汤具有滋补气血、调气解郁的功效。适合气血亏虚、神疲乏力、胸闷胁胀的人群食用。

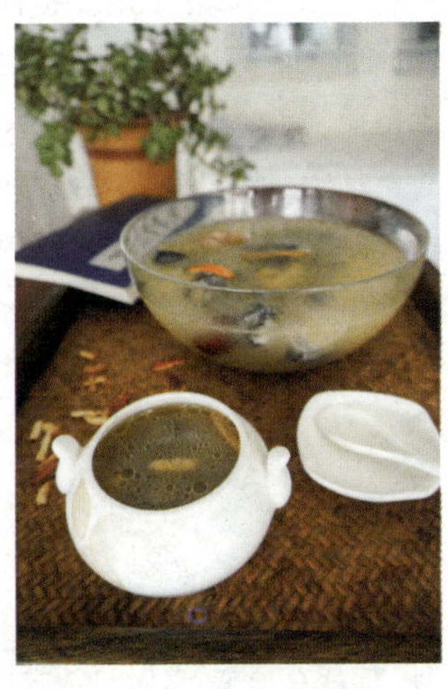

［陈皮乌鸡汤／小霞·上海］

陈皮鲫鱼汤

【材料】陈皮 9 克，鲫鱼 1 条，生姜 6 片，大葱 1 根，料酒、食盐适量。

【做法】①陈皮泡开，洗净，切丝备用，葱切段备用；②鲫鱼去鳞和内脏，洗净，放入锅内，加入适量清水，将陈皮、姜片、葱段、料酒一起加入，大火煮开后转小火，慢炖 1 小时，加入食盐调味。

本补汤具有健脾利湿、理气化痰的功效。适合脾胃虚弱、纳食欠佳、偶有咳痰的人群食用。

香　橼

灿灿御袍黄

团团车盖绿，
灿灿御袍黄。
只许牙盘荐，
那薰锦帐香。

——明·黄衷《园居杂兴四十三首·其三十三香橼》

《园居杂兴四十三首》为作者在田园居处有感而发、随物吟咏的诗篇，包括兰、菊、柏、荔枝、香橼、丝瓜等四十种植物以及鹤、凫、鱼三种动物，每首诗以一种植物或动物为主题。本首诗为第三十三首，主题是香橼。“团团车盖绿，灿灿御袍黄。”香橼的枝叶繁密茂盛，苍翠欲滴，簇聚在一起，如同车上遮雨蔽日的篷子；果实金黄灿烂，就像皇袍的颜色，在碧绿的枝叶中甚是醒目。“只许牙盘荐，那薰锦帐香。”香橼味道爽脆可口，香气清淡怡人，可以放在精美的盘子里招待客人；置于帷帐之中，则会薰得到处都是香味，令人神清气爽。

香橼，又名枸橼、香圆等。一开始，由于它外表亮丽，气味芬芳，人们将其栽在庭院或做成盆景放在室内，以供赏玩。如《花疏》中言：“士人置之明窗净几间，颇可赏玩。”缕缕清香溢漾庭院或屋内，淡雅而不失和谐。此外，人们还把香橼经过简单加工制成蜜饯，作为一道精美甜点招待客人。随着时间的推移，香橼的药用价值逐渐被发现。清代医籍《医林纂要》谓其能“治胃脘痛，宽中顺气，开郁”，中药典籍《本草便读》言其可“下气消痰，宽中快膈”。中医临床上常用其治疗肝胃气滞引起的胸胁胀痛、脘腹痞满等病症。

现代药理研究显示，香橼中含有柠檬酸、橙皮苷、果胶、鞣质、苹果酸、维生素C等多种营养成分，具有降胆固醇、抗血栓、利胆、抗肿瘤等药理作用，对慢性胃炎、神经性胃痛有较好的治疗效果。

香橼姜枣汤

【材料】香橼 30 克，生姜 6 片，大枣 6 枚，冰糖适量。

【做法】①将香橼、大枣洗净；②香橼切片，大枣剥开；③将香橼、大枣连同姜片一起放入砂锅内，加清水适量，大火煮沸后改小火煮 30 分钟，加入冰糖调味。

本补汤具有宽胸理气、温中散寒的功效。适合胃中寒冷、情绪不佳、容易紧张的人群食用。

香橼猪骨汤

【材料】香橼 15 克，猪骨 240 克，大枣 6 枚，生姜 3 片，大葱 1 根，料酒、醋、食盐适量。

【做法】①将各食材洗净，香橼切片，大葱切段；②砂锅内放入猪骨和适量清水，将水烧开，撇去浮沫；③炒锅内放油，烧热，加入料酒、醋爆炒猪骨；④加入热水，放入香橼、大枣、生姜和葱段，小火炖约 1 小时，加入食盐调味。

本补汤具有疏肝解郁、健脾益气的功效。适合脾胃虚弱、消化不良、胸胁胀满的人群食用。

佛　手

清香不让莲

兜罗软似绵，移种到人天。
妙相终成果，清香不让莲。
交枝疑合掌，屈指欲为拳。
肯向车中掷，留将供法筵。
——明·徐熥《咏佛手柑》

本诗为吟咏佛手的名诗佳作，借助佛学内容对佛手进行歌颂。“兜罗软似绵”，兜罗绵由兜罗树上柳絮状棉编织而成，十分柔软，用来比喻佛陀的手，诗中则指代佛手柑。“妙相终成果”，佛学中讲，修成正果的佛陀有着三十二妙相，相貌非常庄严，此处借指佛手柑长成的果实。佛手的果皮金黄，果肉白皙，香气持久，味道清烈。“交枝疑合掌，屈指欲为拳”，描述的是佛手的外形，“合掌”“为拳”两词将其刻画得活灵活现。最后两句同样引用了佛家词语，“法筵”为佛家讲经说法的集会，佛手如此美妙的东西，就留作法筵上的供品吧！

佛手为芸香科常绿小乔木或灌木，果实基部圆形，上部分裂如掌，成手指的形状。佛手是南方颇具特色的佳果之一，有食用、药用、观赏等多重价值，甚是惹人喜爱，很多明清时期的文人墨客，都留下了歌咏佛手的诗词作品。中医学认为，佛手性温，味酸、苦、辛，功可疏肝理气、和胃止痛、燥湿化痰。中药典籍《本草从新》谓其“理上焦之气而止呕，进中州之食而健脾”，临床上常用来治疗肝胃气滞引起的胸胁胀痛、胃痞脘满、食少呕吐、咳嗽痰多等病症。

现代药理研究发现，佛手中含有挥发油、黄酮类、多糖类等化学成分，以及铜、铁、锰、锌、硒等微量元素，氨基酸的种类也十分丰富，包含多种氨基酸，具有止咳平喘祛痰、抗肿瘤、抗氧化、免疫调节，以及抑菌抗炎等作用。

佛手乳鸽汤

【材料】佛手 12 克，乳鸽 240 克，枸杞子 6 克，生姜 3 片，大葱 1 根，盐适量。

【做法】①将乳鸽洗净，用沸水氽烫冲净，佛手、枸杞子分别洗净，葱洗净切段备用；②砂锅内加入适量清水，放入乳鸽、佛手、枸杞子、生姜、葱段，大火煮沸后改小火煲 1 小时，加盐调味。

本补汤具有疏肝理气、益气养血的功效。适合情绪紧张、食欲不振、面色不华的人群食用。

［佛手猪肝汤］

佛手猪肝汤

【材料】佛手 12 克，鲜猪肝 150 克，生姜 3 片，大葱 1 根，盐适量。

【做法】①冲洗猪肝，置于盆内浸泡 1～2 小时清除残血，洗净切片，佛手、大葱分别洗净，大葱切段；②将佛手放入锅内，加清水适量，煮沸约 15 分钟，滤渣取汁；③猪肝片放入盆内，加姜片、葱段、适量盐略腌片刻，锅中倒入佛手汁，煮沸后加入猪肝片，煮一二沸即可。

本补汤具有行气解郁、养肝明目的功效。适合情绪不佳、胸胁胀满、眼睛干涩的人群食用。

白　果

霜黄鸭脚折琅玕

霜黄鸭脚折琅玕，
结实累累缀蜡丸。
好比仙家双桂树，
一枝留向月中攀。

——明·杨慎《謏庵饷白果》

诗中所提到的鸭脚，指的是银杏，因其叶子形似鸭脚而得名。秋令时节，庭院中的银杏树经历风霜之后，银杏叶早已泛黄，笔挺的树枝有些也被折断。一颗颗圆润如玉的果实挂在枝头，看上去就像缀着一粒粒蜡丸，给霜后的银杏树平添几分秋色。此情此景，犹如传说中仙人的桂树一样，将纤细的枝条伸向明亮的圆月，一展秋日的风采。

银杏树已经在地球上存活了约3亿年，所以有“活化石”之称。它生长较慢，寿命极长，是树中的“老寿星”。银杏树的干燥成熟种子，就是白果，既能食用，又可入药。中医学认为，白果性平，味甘、苦、涩，功可敛肺定喘、止带缩尿。中药典籍《本草便读》说它“上敛肺金除咳逆，下行湿浊化痰涎”，临床上常用于治疗哮喘痰嗽、白带白浊、遗精淋病等病症。

现代研究发现，除含有蛋白质、脂肪、糖类等营养物质之外，白果还含有维生素C、核黄素、胡萝卜素，钙、磷、铁、钾、镁等微量元素，以及银杏酸、白果酚、多糖等成分。根据现代医学研究，白果种仁中的黄酮苷、萜内酯对高血压、血脂异常、冠心病、动脉硬化、脑血栓、老年性痴呆等疾病具有一定的预防和治疗效果。

白果老鸭汤

【材料】白果6枚,鸭块300克,桂圆干6个,大枣6枚,生姜6片,大葱1根,食盐适量。

【做法】①将鸭洗净、切块,白果在水中浸泡后去掉外面的薄皮,葱切丝备用;②大火烧热炒锅,不放油,放入鸭块、姜片和葱丝翻炒,至鸭肉水分收干、没有鸭腥味,关火盛出;③将炒过的鸭块放入炖锅中,倒入水,没过鸭块,煮沸后捞出鸭块,将水倒掉;④炖锅中再次加入热水,将煮过的鸭块放入锅中,大火煮开,放入白果、桂圆干、大枣,改小火炖约1小时,加入食盐调味。

本补汤具有养阴补虚、润肺止咳的功效。适合体质虚弱、咳嗽时作、容易口干的人群食用。

白果荸荠汤

【材料】白果9枚,荸荠3个,雪梨3个,蜂蜜、白砂糖适量。

【做法】①雪梨洗净,去皮核,切成小滚刀块;荸荠洗净去皮,切小块;白果取肉,洗净备用;②锅内放适量清水,放入梨块、荸荠块、白果,煮熟;③加入蜂蜜、白砂糖调味。

本补汤具有滋阴解渴、清咽止咳、润肤养颜的功效。适合经常口渴干咳、皮肤干燥的人群食用。

桂　圆

纷纷万木以龙呼

绝品轻红扫地无，
纷纷万木以龙呼。
实如益智本非药，
味比荔支真是奴。

——宋·王十朋《龙眼》

本首诗以对比的手法对龙眼进行了描写。“绝品轻红扫地无，纷纷万木以龙呼。”轻红，因荔枝颜色淡红，此处用以借指荔枝。这两句讲述了龙眼的成熟时间。在极品美味荔枝全都下市以后，龙眼上市。“实如益智本非药”，指的是龙眼的果实很像益智，但不像益智那样是药材。“味比荔支真是奴”，荔支，即荔枝。此句缘由龙眼的别名——荔枝奴，龙眼的味道与荔枝十分相似，而其成熟和上市的时间总是在荔枝之后，故《岭表录异》中说：“荔枝方过，龙眼即熟，南人谓之荔枝奴，以其常随于后也。”

诗中所讲的龙眼，又称桂圆，既是一种香甜可口的水果，又是一味不可多得的良药，具有很好的滋养补益作用。日常生活中做菜煲汤，经常少不了桂圆的助力，它不仅可以调节味道，而且还能增加营养，一举两得。中医学认为，桂圆具有补心脾、益气血、健脾胃、养肌肉的功效，可用于治疗贫血心悸、失眠健忘、神经衰弱，以及病后、产后身体虚弱等病症。不过，需要注意的是，桂圆吃多了容易上火，引起口干舌燥、口腔溃疡等，不宜多吃，以每次3～6颗为佳。

现代药理研究显示，桂圆中含有葡萄糖、蔗糖、酒石酸、蛋白质、脂肪，以及维生素A、维生素B_1、维生素B_2、维生素C等多种营养物质，具有抗氧化、抗肿瘤、提高免疫力、降血糖、抗焦虑等作用。

桂圆菊花杞子饮

【材料】桂圆15克，白菊花12克，枸杞子9克，冰糖适量。

【做法】①将桂圆、白菊花和枸杞子分别洗净；②锅内放适量清水，加入桂圆、白菊花和枸杞子，大火煮开后改小火继续煮15分钟，放入冰糖调味。

本补汤具有补益气血、养肝明目的功效。适合气血不足、面色不华、眼睛干涩的人群食用。

【桂圆】

桂圆大枣乌鸡汤

【材料】桂圆15克，乌鸡240克，大枣9克，生姜6片，食盐适量。

【做法】①桂圆、大枣分别洗净备用；②乌鸡洗净切块，放入盛有清水的锅内，大火烧开，撇去浮沫；③放入桂圆、大枣和姜片，小火煮1小时，加食盐调味。

本补汤具有滋补气血、养心安神的功效。适合气血亏虚、神疲乏力、夜寐欠安的人群食用。

余甘子

不随凡果当家常

草稟南方地近阳，不随凡果当家常。
端因坡句声名重，正类梅诗气韵长。
回頬已输崖蜜味，返魂终共雪芽香。
故人知我诗肠苦，更赠蒲萄为荐觞。
——宋·王十朋《元章赠馀甘子用前韵》

余甘子（馀甘子）多生长于南方地区疏林、灌丛、荒地或山沟的向阳处，喜欢温暖干热的环境。古人对其多有吟咏，认为其非同一般的家常水果。“端因坡句声名重，正类梅诗气韵长。”此两句作者自注道：“东坡《橄榄诗》云：待得馀甘回齿颊，已输崖蜜十分甜。欧公读梅圣俞诗云：譬如食橄榄，真味久愈在。”苏东坡描述了余甘子食后齿有回甘，欧阳修则以余甘子为喻，赞赏梅尧臣（字圣俞）的诗歌气韵悠长。“返魂终共雪芽香”，雪芽，即白芽茶，产于峨眉山。作者此句意指余甘子与茶一起饮用最为相宜。老友知道作者诗情浓厚，除了赠送余甘子，还赠予了葡萄（原文“蒲萄”），以解其浓情的诗思。

余甘子，又名油甘子、滇橄榄、庵摩勒。因其初食味道酸涩，良久才有回甘，故有“余甘子”之名。余甘子既可以作为水果鲜吃或加工成蜜饯食用，又能够作为药材供保健治疗之用。闽南一带的人们常用食盐浸渍余甘子，得到的果汁叫“余甘露”，是家中常备的保健之品，用“余甘露”冲开水饮用，可以帮助消化，通导积滞。余甘子作为药物，首次收载在《唐本草》中，说其“主风虚寒热”，《本草拾遗》中言其“主补益，强气力”。总体而言，余甘子具有清热凉血、消食健胃、生津止咳之功，对于食后腹胀、咽干喉痛、咳嗽咯痰等有良好的疗效。

现代研究显示，余甘子具有抗氧化、降血脂、降血糖、抗菌消炎、增强免疫、保护肝脏和心血管等药理特性。此外，余甘子还具有生发的作用，这为《本草拾遗》中所述“取子压取汁和油涂头生发，去风痒，初涂发脱，后生如漆”提供了现代依据。

余甘子猪肺汤

【材料】余甘子3个，猪肺150克，大枣6枚，盐适量。

【做法】①猪肺洗净切片，余甘子、大枣分别洗净；②锅内放清水适量，加入猪肺，大火煮开后撇去浮沫，加入余甘子和大枣，改小火继续煮1小时，放入食盐调味。

本补汤具有生津润喉、清肺止咳的功效。适合口渴舌红、常欲饮水、干咳无痰的人群食用。

［余甘子猪肺汤］

余甘子排骨汤

【材料】余甘子3个，排骨240克，大枣6枚，生姜3片，大葱1根，料酒、醋、食盐适量。

【做法】①将各食材洗净，余甘子去核，大葱切段；②砂锅内放入排骨和适量清水，将水烧开，撇去浮沫；③炒锅内放油，烧热，加入料酒、醋爆炒排骨；④加入热水，放入余甘子、大枣、生姜和葱段，小火炖约1小时，加入食盐调味。

本补汤具有开胃消食、补虚益气的功效。适合脾胃虚弱、消化不良、容易疲乏的人群食用。

花　椒

有椒其馨，胡考之宁

载获济济，有实其积，万亿及秭。
为酒为醴，烝畀祖妣，不洽百礼。
有飶其香，邦家之光。有椒其馨，胡考之宁。
匪且有且，匪今斯今，振古如兹。

——先秦·佚名《诗经·周颂·载芟》

本篇诗歌描写了周王在秋天收获新谷，并用来祭祀宗庙的场景。诗中写道，田间收获的谷子真是多啊，把打谷场都堆得满满的，成万上亿，数不清楚。新酿造的清酒进献给祖先品尝，以合于各种礼仪的需要。祭祀的食品香气四溢，是邦家的荣光；用花椒浸制的美酒更是香飘千里，以此来祝福老人们长寿安康。这样宏大的场面，这样壮观的景象，不是现在才有，也不是今年才有，而是从古至今就一直如此啊！

花椒又名蜀椒，是厨房中常用的烹饪调料，炒菜或煲汤时放入一些花椒，可以使菜品或羹汤的香味增色不少。花椒还是一味常见的中药，有温中止痛、杀虫止痒之功。关于它的养生保健作用，古人已有认识。宋代的《证类本草》中言“久服之头不白，轻身增年”，明代李时珍《本草纲目》中也提到“椒乃玉衡星精，服之令人体健耐老”。中医临床上常用花椒来治疗脘腹冷痛、呕吐泄泻、虫积腹痛等病症。

现代药理研究显示，花椒的化学成分主要包括挥发油、生物碱、香豆素、酰胺类化合物、木脂素等，还含有锰、铁、铜、锌等微量元素。花椒对心血管系统、消化系统、免疫系统都有一定的调节作用，还可以用于平喘、抑菌、抗肿瘤、麻醉镇痛等。

花椒猪肚汤

【材料】花椒12克，猪肚240克，生姜6片，八角、料酒、食盐适量。

【做法】①将猪肚反复用水冲洗干净；②将花椒、姜片、八角放入猪肚内，并留少许水分；③把猪肚的头尾用线扎紧，放入盛有适量清水的砂锅内，加入料酒，大火煮开后，小火煲1小时，至猪肚酥软，加食盐调味。

本补汤具有温中散寒、健脾养胃的功效。适合脾胃虚寒、食欲不振的人群食用。

花椒姜枣汤

【材料】花椒15克，生姜6片，大枣6枚，红糖适量。

【做法】将花椒、大枣洗净，大枣剥开，连同姜片一起放入砂锅内，加清水适量，大火煮沸后改小火煮30分钟，加入红糖调味。

本补汤具有温中止痛、散寒祛湿的功效。适合胃部怕冷、消化不良的人群食用。

荷　叶

孤茎上藕梢

圆菂破莲苞，孤茎上藕梢。
雨撑栖鹭屋，风卷荫龟巢。
溪友裁巾帻，虚人作饭包。
小娃曾已折，新月里湖坳。

——明·杨基《荷叶》

本诗对荷叶的生长及其用途进行了生动描写。池塘中亭亭玉立的翠绿荷叶，是由水下一颗颗小小的莲子（菂）长成的。随着时光的流逝，荷叶破苞而出，慢慢露出水面，挺立在莲藕之上。初生的荷叶如碧玉一般，像一把把撑开的伞，风雨之中，为鸟儿遮雨，为龟儿挡风。在溪上游玩的朋友将荷叶摘下，裁成头巾，可以遮蔽夏天的烈日，带来清凉。身体虚弱的人们则用荷叶包裹大米，配以其他食材，蒸制成荷叶包饭。荷叶饭是岭南地区的特色点心，久负盛名，有养身补虚之功，历来为人们所喜爱。

荷叶，是夏日池塘中一道亮丽的风景，自古以来，文人墨客常于诗词歌赋中对其赞美有加。其实，荷叶除了可供观赏之外，还是药食两用的佳品。荷叶的功效，古代的中药典籍多有记载，如《本草通玄》谓其“开胃消食，止血固精”，《本草再新》言其“清凉解暑，止渴生津，治泻痢，解火热”。因此，荷叶常用来治疗暑热烦渴、暑湿泄泻、脾虚泄泻、血热吐衄、便血崩漏等病症。日常饮食中，除了能够做成荷叶饭，荷叶还是不可多得的煲汤食材，于汤中加入几片荷叶，既浓香馥郁，又可开胃消食。

现代药理研究发现，荷叶中主要含有生物碱类、黄酮类、挥发油类等成分，具有多种药理活性，能够调节血脂、降糖减肥、保护心血管、抑制脂肪肝、延缓衰老、抗病毒、抑菌等。

荷叶冬瓜汤

【材料】荷叶 30 克，冬瓜 300 克，白扁豆 15 克，食盐适量。

【做法】①将荷叶、白扁豆洗净，冬瓜洗净切块；②上述材料一起放入砂锅内，加清水适量，大火煮沸后改小火，煮约 30 分钟后，加入食盐调味。

本补汤具有消暑除烦、清热利尿的功效。适合盛夏之时口渴尿黄、烦躁失眠的人群食用。

［荷叶海蜇汤］

荷叶海蜇汤

【材料】荷叶 30 克，海蜇 240 克，西瓜皮 300 克，丝瓜 300 克，食盐适量。

【做法】①海蜇、西瓜皮、丝瓜洗净切块，荷叶洗净；②将海蜇、西瓜皮、荷叶放入开水锅内，加入清水适量，大火煮沸后，小火煲 30 分钟，再放入丝瓜，煲沸片刻，加入食盐调味。

本补汤具有清热解暑、化痰止咳的功效。适合暑热伤肺、咳嗽痰黄、大便干燥的人群食用。

莲　子

剥尽红衣捣玉霜

新收千百秋莲菂，
剥尽红衣捣玉霜。
不假参同成气味，
跳珠碗里绿荷香。
——宋·黄庭坚《邹松滋寄苦竹泉橙麴莲子汤三首·其一》

秋天是丰收的季节，自然界的万物在经历了春季的生发、夏季的长养后，进入到硕果累累的秋季。作者于此时收获了成百上千的莲子，内心甚是欢喜。诗中写道，剥去外面红皮的莲子晶莹如玉，把它们放到碗里捣碎以备食用。不需要掺和其他的味道，莲子本身的清香已足够沁人心脾，怡情养神。碗中的莲子在被捣的时候，有的跳到了外面，如弹珠一般。捣完莲子，碗里散发着一股淡淡的荷叶香味。拿一些莲子去做汤吧，你会获得意想不到的保健效果！

莲子是平时生活中十分常见的养生食材，幽淡的清香和甘甜的口味甚是惹人喜爱。中国先民采食莲子的年代颇为久远，考古人员曾在河南郑州大河村发现 2 颗距今五六千年的已碳化的莲子。20 世纪初，大量古莲子在中国辽东半岛新金县普兰店东郊被发现，孙中山先生东渡日本时，带了 4 颗赠予日本友人田中隆，田中隆请日本古生物学家大贺一郎对其进行研究。经过测定，这些古莲子约有千年之久，通过精心培育，它们竟然萌芽长出新株。莲子的绵长生机，着实令人叹为观止。中医学认为，莲子具有健脾止泻、补肾涩精、养心安神之功，常用来治疗脾虚泄泻、带下、遗精、心悸失眠等病症。

现代药理研究表明，莲子主要含有蛋白质、碳水化合物、维生素、矿物质，以及磷、钾、镁、锰等多种微量元素，还有荷叶碱、木犀草苷、油酸、亚油酸、槲皮素等化学成分，具有镇静、强心、延缓衰老、抗肿瘤等药理作用。

莲子银耳红枣羹

【材料】莲子 45 克，银耳 15 克，红枣 6 枚，冰糖适量。

【做法】①将莲子、红枣洗净；②银耳洗净泡发，与莲子、红枣一起放入砂锅内，加清水适量，大火煮沸后改小火；③煮至莲子烂熟，加入冰糖调味。

本补汤具有补脾润肺、养心安神、美容养颜的功效。适合口干舌红、面色不佳、夜寐欠安的爱美人群食用。

［莲子银耳红枣羹］

莲子百合瘦肉汤

【材料】莲子 45 克，百合 30 克，猪瘦肉 150 克，食盐适量。

【做法】①将各食材洗净，猪瘦肉切片；②把莲子、百合放入砂锅中，加适量清水，大火煮开后转小火煲 30 分钟；③加入瘦肉片稍滚 9 分钟，放入食盐调味。

本补汤具有健脾益气、清心安神的功效。适合稍有乏力、心情烦躁、睡眠不佳的人群食用。

芡 实

远胜溪毛咏采蘋

> 芡盘新采辱分珍，
> 远胜溪毛咏采蘋。
> 老去何心温软味，
> 漫将空想调诗人。
> ——宋·虞俦《谢友人寄芡实·其一》

本首诗乃作者得友人相赠芡实，为答谢他而作。作者写道：秋末冬初，是芡实丰收的时节。采摘芡实的人们，凌晨两三点钟就要到水塘中去，赶在太阳初升前将芡实采完，送去加工，以防其变质。承蒙远方友人的挂念照顾，寄来一部分刚刚收获的芡实。这稀有珍品的味道，远远胜过溪边的野菜。只是伴随着岁月的沉淀，人渐渐地老去，有时也无心品尝这样的温软之味。权且随意将一些不切实际的幻想赋于诗中，以舒解内心的惆怅之情。

芡实，又名鸡头米、鸡头实、雁头，是“水中八仙”之一。鲜灵的鸡头米，褪去外皮，在沸水中滚过之后，温润如玉，清糯可口，淡香怡人。芡实不仅是一种难得的绝妙食材，还是一味救人疾苦的上好药材，有“水中人参”的美称。清代徐大椿的《神农本草经百种录》中说：“鸡头实，甘淡，得土之正味，乃脾肾之药也。脾恶湿而肾恶燥，鸡头实淡渗甘香，则不伤于湿，质黏味涩，而又滑泽肥润，则不伤于燥，凡脾肾之药，往往相反，而此则相成，故尤足贵也”，指出芡实作为脾肾之药的珍贵。临床上常用其治疗久泻、遗尿、滑精、带下等脾肾亏虚引起的病症。

现代研究表明，芡实中含有多种氨基酸、脂肪酸和微量元素，化学成分主要包括黄酮类、甾醇类、脂类、环肽类、脑苷脂类等，具有抗氧化、抗心肌缺血、降血糖、抑菌、降低尿蛋白、预防胃黏膜损伤等药理活性。

芡实排骨汤

【材料】芡实 30 克，排骨 300 克，生姜 3 片，大葱 1 根，大枣 6 枚，料酒、食盐适量。

【做法】①将各食材分别洗净，葱切丝备用；②大火烧热炒锅，不放油，放入排骨、料酒、姜片和葱丝翻炒，至没有腥味，关火盛出；③炖锅中加入适量热水，将炒过的排骨放入锅中，大火煮开，放入芡实，改小火炖 1 小时，加入食盐调味。

本补汤具有健脾益气、补肾止泻的功效。适合身体虚弱、时有疲乏、大便偏稀的人群食用。

［芡实莲子羹/石妹妹·上海］

芡实莲子羹

【材料】芡实 30 克，莲子 15 克，茯苓 15 克，大枣 6 枚，冰糖适量。

【做法】①将芡实、莲子、茯苓、大枣分别洗净；②上述材料一起放入砂锅内，加清水适量，大火煮沸后改小火；③煮至芡实、莲子烂熟，加入冰糖调味。

本补汤具有健脾止泻、宁心安神的功效。适合食欲不振、大便溏薄、夜寐欠佳的人群食用。

罗汉果

团团硕果自流黄

团团硕果自流黄，
罗汉芳名托上方。
寄语山僧留待客，
多些滋味煮成汤。
——宋·林用中《赋罗汉果》

金秋时节，天朗气清，大自然到处呈现一片丰收的景象。俊秀的山间藤条茂密，一团团深绿色的果子挂于其中，成熟之时，若果皮破裂，便会有金黄色的果汁流出。这些果子有一个动听的名字——罗汉果。罗汉，即佛学中阿罗汉的简称，是心身六根清净、断除无名烦恼的圣者。此果之名以罗汉冠之，寓意十分美好。将罗汉果搭配一些其他新鲜的食材，细火慢炖，熬煮成汤，清爽可口，醇香怡人。山中的贤僧，请多采摘一点罗汉果贮存起来，以备款待远道而来的客人，让他们也能品尝到这样难得的美味。

罗汉果是一味药食两用之品，具有很高的营养价值，所以又被誉为“神仙果”。相传很久以前，天下虫灾肆虐，民不聊生，神农氏为寻灭虫之方而尝尽百草，佛祖怜悯神农之苦，便派十九罗汉下凡相助。其中有一位罗汉愿力宏大，誓要灭尽人间虫灾才回天界。发愿完毕，便化身为罗汉果。中医学认为，罗汉果性凉，味甘、酸，功可清热润肺、利咽开音、滑肠通便，常用于治疗肺热燥咳、咽痛失音、肠燥便秘等病症。用罗汉果泡制的凉茶名闻遐迩，除此之外，还可以用它来煲汤。

现代研究发现，罗汉果中除了含有罗汉果三萜皂苷，还含有果糖、多种人体必需氨基酸，以及脂肪酸、维生素C、微量元素、黄酮类化合物等。药理学实验表明，它具有抑制咳嗽、促进排痰，保肝降酶，调节免疫功能、抗凝血等功效。在大部分防雾霾的保健饮料中，罗汉果亦占有一席之地，对雾霾引起的呼吸系统症状，如咳嗽、咽痛等，均有一定的缓解作用。

罗汉果猪肺汤

【材料】罗汉果1个，猪肺150克，食盐适量。

【做法】①将罗汉果和猪肺分别洗净，猪肺切成小块，挤出其中的泡沫；②锅内放入适量清水，放入罗汉果和猪肺，大火煮开后转小火煮1小时，加适量食盐调味。

本补汤具有清咽利膈、滋补肺阴的功效。适合肺阴亏虚导致的干咳无痰人群食用。

［罗汉果炖猪蹄／云朵儿·南京］

罗汉果炖猪蹄

【材料】猪蹄150克，罗汉果1只，生姜3片，大葱1根，料酒、食盐适量。

【做法】①将猪蹄和罗汉果分别洗净，猪蹄切块，大葱切段；②砂锅内放入猪蹄和适量清水，将水烧开，撇去浮沫；③加入罗汉果、料酒、生姜和葱段，小火炖约1小时，加入食盐调味。

本补汤具有清肺润肠、化痰止咳的功效。适合久咳、口渴唇燥、舌红少苔、大便秘结的人群食用。

果部

蜀椒

主温中，祛寒湿

木部

肉　桂

骨肉桂海隔

长空青茫茫，大泽泻月色。
使君子何来，山椒远于役。
虎狼毒草丛，泪如铅水滴。
更苦参与商，骨肉桂海隔。
问天何当归，天南星汉白。
——元·陈孚《交趾桥市驿戏作药名诗》

本首诗为作者在岭南地区的桥头驿站巧用药名所作之诗，描绘了人在远方服役，骨肉分离难聚的悲凉场景。诗中提及的中药颇多，有空青、泽泻、使君子、山椒、狼毒、苦参、肉桂、当归、天南星等，大部分为临床常用之品。诗中写道，夜色时分，茫茫天空一片青色，地上的湖沼倒映出如霜的月色。试问令君由何而来，只因要服役于遥远的山区。在虎狼出没的有毒草丛中，与远方的亲人相隔万里，如同天上的参星和商星，此出彼没，两不相见。想到这里，眼角晶莹的泪水便止不住地流下。不知何时才能回归故里，一家团圆。

肉桂，又称桂皮，既是烹饪食谱中常用的香料，又是中医处方中常见的药材。肉桂气香味浓，煲汤煮肉的时候放入一些，不仅可以解腥提香，而且能够养生保健。肉桂甘甜的香气，还被西方人视为爱情的象征。相传古罗马有位君主在爱妻死后，悲痛万分，为了进行悼念，他搜掠并集中焚烧了全国的肉桂，以此来表达对爱妻的真情挚爱。

中医学认为，肉桂有补火助阳、引火归元、散寒止痛、温经通脉之功，对于阳虚引起的阳痿宫寒、腰膝冷痛、虚寒吐泻、寒疝腹痛、痛经经闭等病症有不错的治疗效果。

肉桂猪肚汤

【材料】肉桂 3 克，猪肚 240 克，生姜 6 片，食盐适量。

【做法】①将猪肚反复用水冲洗干净，肉桂洗净去粗皮；②将肉桂、姜片放入猪肚内，并留少许水分；③把猪肚的头尾用线扎紧，放入盛有适量清水的砂锅内，大火煮开后，小火煲 1 小时，至猪肚酥软，加食盐调味。

本补汤具有温胃散寒、健脾补气的功效。适合胃中虚寒、纳食欠佳的人群食用。

［肉桂猪肚汤］

肉桂羊肉汤

【材料】肉桂 3 克，羊肉 500 克，生姜 9 片，食盐适量。

【做法】①将羊肉洗净切块，肉桂洗净去粗皮；②将处理好的羊肉、当归、生姜一起放入高压锅中，加水烧开，煮 1 小时左右，加适量食盐调味。

本补汤具有温阳益气、散寒补虚的功效。适合四肢不温、容易疲乏、面色不华的人群食用。

丁　香

冷艳琼为色

来自丁香园，还应世所稀。
丛生盛枝叶，乱结胃中衣。
冷艳琼为色，低枝翠作围。
蔓连疑锁骨，时见玉尘飞。

——宋·洪遵《丁香》

素雅美丽的丁香生长在静谧的丁香园中，是世间稀有的花中珍品。丁香茂盛的树枝与细叶丛集而生，交织在一起，犹如挂着层层交叠的绣衣。花朵清冷艳丽的颜色如同美玉一般，洁白无瑕。低矮的树枝青翠碧绿，围绕着丁香花，就像是为其量身定做的锦缎衬裙。丁香的枝条蔓延、连接，似是要将满园的美色收藏起来。阵阵微风吹来，不时能够见到丁香的花瓣随风飞舞。

丁香有两种，一种是用于观赏的丁香，为木犀科丁香属；另一种是作为香料和中药的丁香，为桃金娘科蒲桃属。药用丁香既是一种平日做菜煲汤时用的上乘调味香料，又是一味中医处方里温中降逆的妙药，可谓药食俱佳。烹调肉类菜肴时，加入一些丁香，可以去腥解腻，提高食欲。中医学认为，丁香性温、味辛，能够温中降逆、散寒止痛、温肾助阳。《药性论》谓其“治冷气腹痛”，《大明本草》言其“治反胃……壮阳，暖腰膝”，临床常用丁香治疗胃寒导致的呕吐呃逆、脘腹冷痛等。

现代药理研究发现，丁香含有丁香酚、丁香酚乙酸酯、石竹烯等挥发性成分，以及山柰酚、鼠李素等黄酮类成分，对消化系统、血液系统和神经系统均有一定的药理活性，具有抗凝、抗氧化、抗菌消炎、促进胃液分泌、增强胃肠蠕动、兴奋中枢神经等作用。

丁香鱼片汤

【材料】丁香3克，草鱼肉300克，枸杞子6克，生姜6片，大葱1根，料酒、盐适量。

【做法】①草鱼肉洗净切片，丁香、枸杞子分别洗净，葱切段备用；②锅中加入适量清水煮开，加入丁香、枸杞子煮3分钟后，将鱼片、姜片、葱段入锅煮开；③待鱼肉熟后，加食盐调味。

本补汤具有温中止呃、滋补开胃的功效。适合身体虚寒、食欲不振、偶有呃逆的人群食用。

丁香猪尾汤

【材料】丁香6克，猪尾90克，花生9克，大枣9克，料酒、盐适量。

【做法】①将猪尾洗净斩段，丁香、花生、大枣分别洗净；②锅内放适量清水烧开，放入猪尾汆至透，捞起洗净；③将猪尾、丁香、花生、大枣放入瓦罐内，加适量清水、料酒，大火烧开后改小火煲1小时，加盐调味。

本补汤具有温中降逆、强腰补虚的功效。适合脾胃虚寒、腰酸乏力的人群食用。

桑 椹

已夸风味胜黄柑

凉州遮莫小江南，
桑葚虽鲜也未堪。
解道谢公怀远略，
已夸风味胜黄柑。
——明·王世贞《摘桑葚作供二绝·其二》

孟夏之时，樱桃过后，无其他果实可食。后院有桑树两株，结桑椹颇多，故叫后辈摘来品尝。开始他们都退缩不去，大概是因顾忌岭南认为桑椹是歉收荒年才吃的食物。作者由此想起《世说新语》中关于桑椹的两个故事，并作两首绝句以解嘲，此为其二。前凉皇帝张天锡归顺东晋之后，有人问其北方有何东西珍贵，他回答说桑椹十分甘甜清香。诗中又写道，有人从北方来拜访谢公，被问到北方什么果子最好时，答曰桑椹最好，可比黄柑之流。谢公认为其妄语，此人不堪耻辱，便待桑椹熟时，采摘并快马加鞭送去，以供谢公。谢公尝后，大加赞赏，称其桑椹堪比黄柑，并招此人为宾客。而作者在诗中则认为谢公夸桑椹味胜黄柑乃安抚边远之策。

桑椹，亦作桑葚，在初夏季节是舌尖上美味可口的水果。一颗颗桑椹晶莹水灵，紫红喜人，鲜嫩多汁，清香酸甜。除了可作为水果食用，桑椹还是一味难得的滋补良药，民间有“四月桑椹赛人参”之说。中医学认为，桑椹功可滋补肝肾，补血养颜，生津止渴，乌发明目。清代著名医家王孟英所撰的食疗养生著作《随息居饮食谱》中言其能：“滋肝肾，充血液，止消渴，利关节，解酒毒，祛风湿，聪耳明目，安魂镇魄。”桑椹的吃法多样，可以做成桑椹汁、桑椹酒、桑椹膏、桑椹醋等。当然，用桑椹煲汤也别有一番风味。

研究显示，桑椹含有丰富的氨基酸、维生素、微量元素等营养成分，还含有桑椹多糖、白藜芦醇等功能性成分，具有调节免疫、降糖降脂、抗氧化、抗肿瘤等作用。

桑椹黑豆饮

【材料】桑椹60克，黑豆30克，黑芝麻9克，大枣6枚，冰糖适量。

【做法】①将各食材洗净，黑豆用净水浸泡2小时，大枣剥开；②将桑椹、黑豆、黑芝麻、大枣一起放入砂锅内，加清水适量，大火煮沸后改小火煮约30分钟，加入冰糖调味。

本补汤具有补肝肾、生津液、乌须发的功效。适合肝肾不足、口干舌红、须发有变白倾向的爱美人群食用。

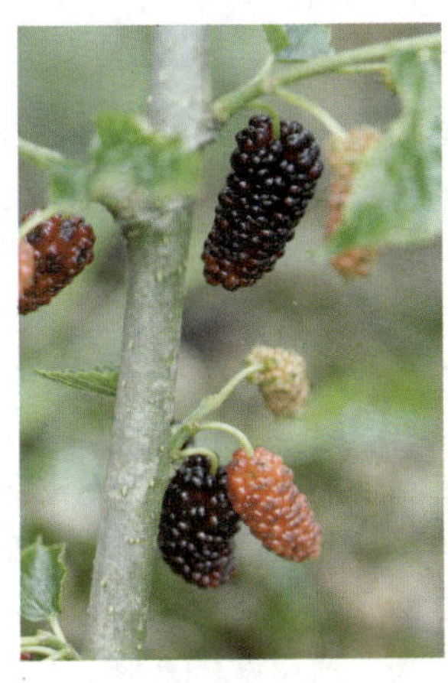

［桑椹/浦锦宝摄］

桑椹排骨汤

【材料】桑椹90克，排骨240克，枸杞子15克，料酒、姜、食盐适量。

【做法】①将排骨、桑椹、枸杞子分别洗净；姜洗净切片；②砂锅内放入排骨和适量清水，将水烧开，撇去浮沫；③放入桑椹、枸杞子、姜、料酒，小火炖约1小时，加入食盐调味。

本补汤具有健脾开胃、养肝明目、补血养颜的功效。适合胃口欠佳、气血不足、眼睛干涩的人群食用。

酸枣仁

路繁酸枣树

临潼天欲暮，骑马去骎骎。
翠涌骊山秀，清流渭水深。
路繁酸枣树，市接古槐阴。
明日长安道，新诗拟共吟。
——元·陈宜甫《陪赵左丞晚过临潼》

本诗描绘了傍晚时分，作者陪同赵左丞路过临潼的一幕场景。骎骎，形容马疾速奔驰貌。夜幕快要降临的时候，作者与赵左丞一行人骑着骏马经过临潼。骊山上风景秀丽，一片青翠碧绿的颜色，甚是养眼；清澈澄莹的渭水深不见底，随着时光缓缓地流淌。一开始，道路的两旁都是枝繁叶茂的酸枣树，而临近市区时，被一棵棵年代久远的槐树取而代之，映入眼帘，伫立在路边，仿佛在迎接远道而来的客人。明天还要继续赶路奔赴长安，到时再作新的诗篇一起歌吟吧。

诗中提到的酸枣树，其种子酸枣仁是一味药食俱佳的臻品。日常生活中，人们用酸枣仁或取汁熬粥，或研粉泡茶，或直接煲汤，均不失为一道美味的药膳，对于心神不宁、夜寐欠安的人有很大帮助。民间至今还流传着至孝女孩只身入山采药，最后寻得酸枣仁治好母亲失眠的传说。中医学认为，酸枣仁有补肝养心、宁心安神、生津敛汗之功，故常用来治疗虚烦不寐、惊悸多梦、体虚汗多、津伤口渴等病症。中药典籍《本草拾遗》言酸枣仁“睡多生使，不得睡炒熟”，指出其使用方法，即治疗嗜睡用生酸枣仁，治疗不寐用炒酸枣仁。

现代药理研究表明，酸枣仁中主要含有皂苷类、黄酮类、三萜类、生物碱、甾体化合物等化学成分，还包含多种氨基酸、微量元素等，具有镇静催眠、抗惊厥、抗心律失常、降血脂、降血压、增强免疫等多种药理活性。此外，有报道显示，酸枣仁在老年痴呆和肝病治疗方面也有一定功效。

枣仁莲子饮

【材料】炒酸枣仁 15 克，莲子 12 克，大枣 6 枚，冰糖适量。

【做法】①将酸枣仁、莲子、大枣分别洗净；②上述材料一起放入砂锅内，加清水适量，大火煮沸后改小火煮约 30 分钟，加入冰糖调味。

本补汤具有健脾补肝、养血安神的功效。适合肝血不足、食欲欠佳、心烦不寐的人群食用。

枣仁猪肝汤

【材料】炒酸枣仁 12 克，鲜猪肝 150 克，大枣 6 枚，生姜 3 片，大葱 1 根，盐适量。

【做法】①冲洗猪肝，置于盆内浸泡 1～2 小时消除残血，洗净切片，酸枣仁、大枣、大葱分别洗净，大葱切段；②将酸枣仁、大枣放入锅内，加清水适量，煮沸约 30 分钟，滤渣取汁；③猪肝片放入盆内，加姜片、葱段、适量盐略腌片刻，锅中倒入酸枣仁汁，煮沸后加入猪肝片，煮一二沸即可。

本补汤具有补血安神、养肝明目的功效。适合面色不华、眼睛干涩、夜寐不安的人群食用。

山茱萸

结实红且绿

结实红且绿，
复如花更开。
山中傥留客，
置此芙蓉杯。
——唐 · 王维《辋川集 · 茱萸沜》

王维中年之后隐居于自己营建的园林辋川山谷之中，每每流连于山谷中的风景，并因之赋诗。《辋川集》收集了他与友人斐迪为辋川山谷中的景点所赋诗歌。此诗是王维在茱萸沜所作。全诗用了白描的手法，文字朴素简练，自然易懂，描绘了用山茱萸招待客人的场景。“结实红且绿，复如花更开。”山茱萸的果实从翠绿转为鲜红，犹如花儿再次开放一样，艳丽无比。“山中傥留客，置此芙蓉杯。”傥，倘若，如果。芙蓉杯，酒杯。古人有把茱萸置于酒中而食的习俗。如果有客人想留宿在山谷中，就将这茱萸放到酒杯之中，与他一同享用。

山茱萸，又名枣皮、蜀枣，是中医处方中常见的补益肝肾之药，也是一种药食两用的佳品。山茱萸营养丰富，味道可口，如今已被用来做成饮料、果脯、罐头等多种形式的食品、保健品，以满足人们日益增长的保健需求。中医学认为，山茱萸有补益肝肾、收涩固脱之效，对于肝肾亏虚引起的眩晕耳鸣、腰膝酸痛、阳痿遗精、小便频数、崩漏带下等诸多病症有较好的治疗效果。

现代药理研究表明，山茱萸中富含糖类、蛋白质、氨基酸、脂肪酸、维生素、有机酸及其酯类、环烯醚萜类、鞣质类等，还含有多种微量元素，具有抗炎免疫、抗菌、降血糖、降血压、延缓衰老、抗疲劳等多种药理活性作用，在复发性口腔溃疡、支气管哮喘、免疫性不育、2 型糖尿病等的治疗中均有应用。

山茱萸甲鱼汤

【材料】山茱萸 12 克，甲鱼 1 只，大枣 6 枚，生姜 3 片，大葱 1 根，食盐适量。

【做法】①将各食材洗净，大葱切段，甲鱼去头爪和内脏，在开水中焯一下；②将甲鱼、山茱萸、大枣、姜片、葱段一起放入砂锅内，加清水适量，大火煮沸后改小火煮约 1 小时，加入食盐调味。

本补汤具有滋补肝肾、养阴清热的功效。适合腰膝酸软、全身乏力、手心脚心有热感的人群食用。

［山茱萸杞枣饮］

山茱萸杞枣饮

【材料】山茱萸 15 克，枸杞子 12 克，大枣 6 枚，冰糖适量。

【做法】①将山茱萸、枸杞子和大枣分别洗净；②锅内放适量清水，加入山茱萸、枸杞子和大枣，大火煮开后改小火煲 30 分钟，加入冰糖调味。

本补汤具有补肝益肾、明目养颜的功效。适合肝肾不足、眼睛干涩的人群食用。

枸杞子

殷红子熟照铜瓶

僧房药树依寒井，井有香泉树有灵。
翠黛叶生笼石甃，殷红子熟照铜瓶。
枝繁本是仙人杖，根老新成瑞犬形。
上品功能甘露味，还知一勺可延龄。

——唐·刘禹锡《楚州开元寺北院枸杞临井繁茂可观群贤赋诗因以继和》

本诗首句描写枸杞的位置在僧房寒井旁，井中有甘甜的泉水，养得枸杞树亦似有灵气一般。第二句描写枸杞树长得郁郁葱葱、枝繁叶茂，已经快要盖住石头砌成的井壁，树上挂满了殷红的枸杞子，个个颗粒饱满，玲珑剔透，如同光照的铜瓶一般。第三句指出枸杞枝蔓的茎坚硬，可作拄杖，又因其养生功效颇多，故有雅号“仙人杖”。而且这棵枸杞年份很久，根部已经呈现出犬的形状，颇有祥瑞之兆。最后一句说明其味道如同甘露一般甜美，感觉吃一勺便可以延年益寿。本草著作《神农本草经》将枸杞子奉为药中上品。

在我国，枸杞子有很多民间叫法，如苟起子、狗奶子、枸杞果等，它自古就是滋补养人的上品，有延衰抗老的功效，所以又名“却老子”。早在 2 000 多年以前，《诗经》中就有记载“陟彼北山，言采其杞”，即登上北山去采枸杞。中医学认为，枸杞子味甘、性温，具有滋补肝肾、益精明目的功效。《食疗本草》称枸杞子可坚筋耐老，除风，补益筋骨，能益人，去虚劳。

现代药理研究表明，枸杞子中含有甜菜碱、胡萝卜素、核黄素、茄酸、抗坏血酸、维生素 B_1、维生素 B_2、维生素 C、钙、磷、铁、亚油酸及多种氨基酸，其中维生素 C 含量比橙子高，β-胡萝卜素含量比胡萝卜高，铁含量比牛肉高，具有增强免疫力、降血糖、改善脂肪肝、抗肿瘤、轻微降血压作用等。

杞子桂圆汤

【材料】枸杞子 15 克，桂圆肉 12 克，鸡蛋 3 个，冰糖 30 克。

【做法】①将枸杞子、桂圆一起加水煮；②鸡蛋煮熟后去壳，和冰糖一起放入锅中，煮至冰糖溶化即可食用。

本补汤具有补肝肾、益气血的功效。适合身体虚弱和病后进补的人群饮用。

〔枸杞排骨汤/夏木·四川〕

枸杞排骨汤

【材料】枸杞子 15 克，排骨 150 克，黑枣 6 枚，生姜 9 片，盐、米酒适量。

【做法】①排骨斩成小段，洗干净后放入清水中，煮开，去除血沫浮物；②接一锅清水煮开，放入排骨、姜片、枸杞子、黑枣，倒入适量米酒；③大火煮开后转小火煲煮 45 分钟，加入适量盐调味。

本补汤具有滋阴补血、养肝明目、润肤止渴的功效。适合阴虚血亏、皮肤干燥的人群饮用。

茯　苓

翻动龙蛇取茯苓

忆昨舍边松雪明，
于今偃盖入青冥。
何时容我携长镵，
翻动龙蛇取茯苓。

——宋·李彭《茯苓》

寒冬时节，飘雪过后，晴空万里，房舍旁边的松树上积满了皑皑白雪，在阳光的照射下，显得十分耀眼。松树的枝叶向四周伸展，张开如伞盖一般，伸向湛蓝的天空。龙蛇，喻指植物屈曲的枝干，此处代指松树的枝干。诗中提到的茯苓，自古有"中药八珍"之一的美誉，被人们视为延年益寿的珍品。其形状如甘薯，外皮淡棕色或黑褐色，内部粉色或白色，常寄生在松树的根上。诗人写道，什么时候才能有空去松树的根枝处挖取茯苓佳品，以其来养生保健呢？

茯苓一直以来就是一味药食两用的臻品，为人熟知。茯苓使用的历史非常悠久。西汉时期的著作《淮南子》中即有"千年之松，下有茯苓"的记载，中药典籍《神农本草经》将茯苓列为上品，认为其"主胸胁逆气……利小便，久服安魂养神，不饥延年"。茯苓的制品颇多，茯苓糕、茯苓饼、茯苓酥、茯苓酒等，不一而足。此外，茯苓煲汤有很好的养生功效，能够健脾除湿、宁心安神。中医常用茯苓治疗水肿尿少、脾虚食少、便溏泄泻、惊悸失眠等病症。

药理研究发现，茯苓的化学成分主要是茯苓多糖和三萜类成分，还含有麦角甾醇、胆碱、组氨酸、多种酶，以及锌、硒、镁、铁等物质，具有调节免疫、抗肿瘤、抗氧化、抗病毒、抗炎、利尿、保肝等多种作用。

茯苓羊骨汤

【材料】茯苓 30 克，羊骨 240 克，生姜 3 片，大葱 1 根，盐适量。

【做法】①将羊骨洗净斩块，茯苓洗净，葱洗净切段；②砂锅内加入适量清水，放入羊骨、茯苓、姜片、葱段，大火煮沸后改小火煲 1 小时，加盐调味。

本补汤具有健脾除湿、补肾壮骨的功效。适合胃口欠佳、时有腰酸、常感乏力的人群食用。

茯苓扁豆饮

【材料】茯苓 45 克，白扁豆 30 克，莲子（去心）15 克，冰糖适量。

【做法】①将茯苓、白扁豆和莲子洗净，在清水中浸泡约 1 小时；②锅内加清水适量，将茯苓、白扁豆、莲子一同放入，大火煮沸后改小火煮 30 分钟，加入冰糖调味。

本补汤具有利水祛湿、养心安神的功效。适合时有便溏、夜寐不安的人群食用。

淡竹叶

竹林半抹古苍烟

清晓清风吹过后，
露出青青一罅天。
一似推篷偷看见，
竹林半抹古苍烟。
——宋末元初·郑思肖《题竹叶间》

本首诗描绘的是一幅清晨微风吹过，竹林轻摆的曼妙画面。破晓时分，太阳初升，漫步竹林之间，一番碧绿的景象映入眼帘，淡雅的竹香弥漫在清新的空气中，令人禁不住多做几个深呼吸，让大自然的清净充满整个身体。一阵微风拂过，亭亭玉立的竹子轻展身姿，窸窸窣窣的竹叶声在耳边作响，抬眼望去，湛蓝的天空在竹林的缝隙间格外醒目，如同行车在竹林中，推开车篷时看到林间的半抹苍翠云雾。

竹叶，为禾本科常绿乔木或灌木淡竹的叶子，又名淡竹叶、苦竹叶等。竹叶在我国自古以来就是药食两用之品。漫步蜀南竹海，你会发现那里的人们不仅用竹叶熬茶，还用竹叶煲汤、煮粥。大约成书于秦汉时期的中药学经典著作《神农本草经》中已经有竹叶"味苦平，主咳逆上气，溢筋急，恶疡，杀小虫"的记载。可见人们对竹叶的认识和使用有悠久的历史。竹叶有两大功效，一可清心利尿，二可清热生津，常用于治疗热病伤津导致的心烦口渴，心胃火盛引起的口舌生疮，以及心火下移小肠而出现的小便色黄、淋沥涩痛等。

淡竹叶的营养成分多样，含有粗蛋白质、粗纤维、黄酮、多糖、矿物元素等营养物质；含有维生素 A、B 族维生素、维生素 C、维生素 E 等多种维生素；含有人体必需的 8 种氨基酸，其中谷氨酸含量最高；各种矿物元素中，镁、锰含量较高，且含有一定的硒元素。现代药理学的相关研究表明，淡竹叶有利尿、抗肿瘤、抗菌等多种作用。

竹荷二叶汤

【材料】淡竹叶 30 克，荷叶 15 克，冰糖适量。

【做法】①将淡竹叶、荷叶洗净，一起放入砂锅内；②加清水适量，大火煮沸后改小火；③煮约 30 分钟后，加入冰糖调味。

本补汤具有清心除烦、解热消暑的功效。适合夏季暑天心烦、口干、舌红、小便黄的人群食用。

［竹叶土鸡汤］

竹叶土鸡汤

【材料】淡竹叶 15 克，土鸡 240 克，大枣 6 枚，生姜 3 片，大葱 1 根，食盐适量。

【做法】①将各食材洗净，土鸡斩块，大葱切段；②锅内放入土鸡和适量清水，将水烧开，撇去浮沫；③锅内放油，烧热，炒土鸡，加入热水，放入淡竹叶、大枣、生姜和葱段，小火炖约 1 小时，加入食盐调味。

本补汤具有生津除烦、滋润清补的功效。适合胃口欠佳、心烦尿黄、易感疲乏的人群食用。

木部

枸杞子

善明目，退虚热，壮筋骨，除腰疼，久服有益

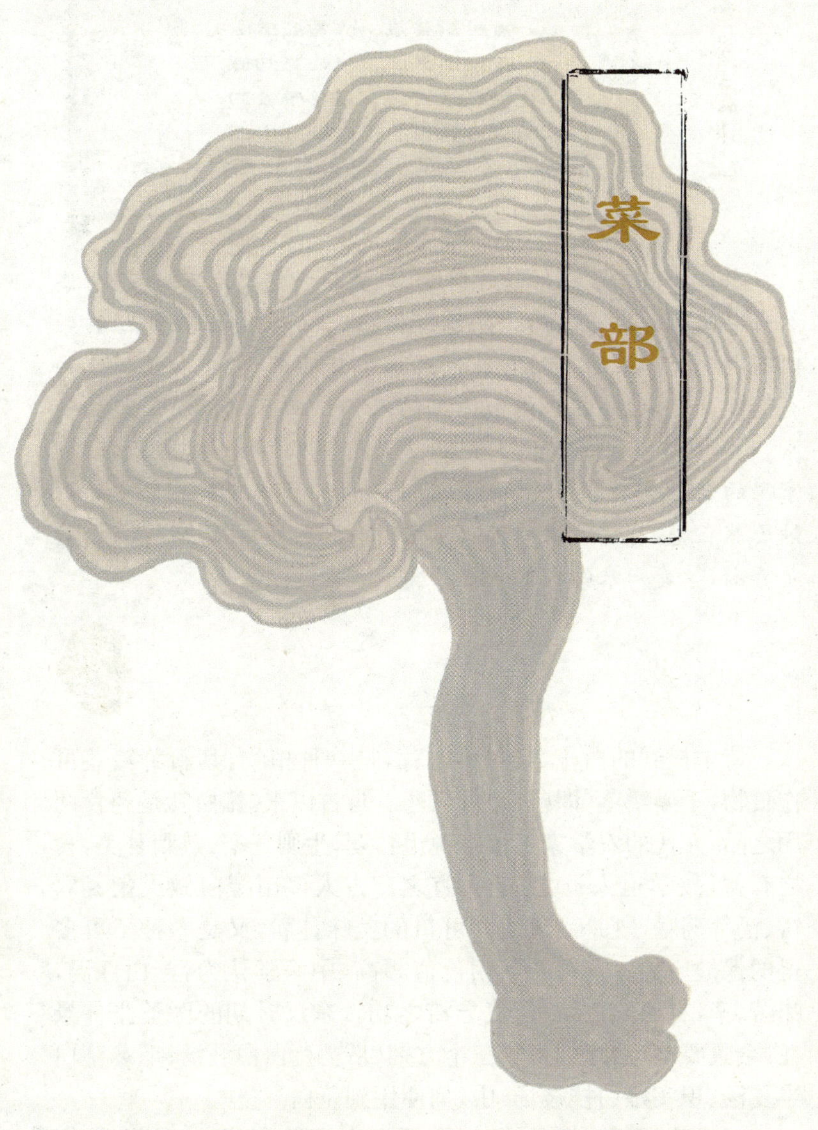

菜部

薤 白

白薤露中肥

高树荫柴扉，青苔照落晖。
荷锄山月上，寻径野烟微。
老叟扶童望，羸牛带犊归。
灯前饭何有，白薤露中肥。
——宋·梅尧臣《田家》

本首诗描绘了一幅傍晚时分，农夫耕种完田地，带着耕牛悠然自得回家的美好画面。暮色将临，斑驳的树影洒在简陋的柴门前，摇曳婆娑；地上的青苔映照出落日的余晖，柔和绚丽。月亮悄然升起，仿佛在告诉田地里的人们该回家吃饭了。肩扛锄头，手牵耕牛，走在归家的路上，远处可见炊烟袅袅，青云飘飘。家里的老人手牵着孙儿，盼望着耕种的人早点回来。家中的灯烛已然点亮，有什么饭菜可以享用呢？肥肥的白薤透亮无暇，甚是喜人，等着归来的人们一起品尝。

诗中提到的白薤，又叫小根蒜，是一种植物，其新鲜鳞茎可作食物，干燥鳞茎(即薤白)可入药。自古以来，薤白就是药食两用之品，元代的农学家王桢曾说道：“薤，生则气辛，熟则甘美，食之有益，故学道人资之，老人宜之。”古人多用薤白做成粥、酒、饼、汤等药膳，既是一道清爽可口的美味佳肴，又是一种不可多得的保健珍品。薤白的药用价值颇高，中医学认为，薤白性温，味苦、辛，有通阳散结、行气导滞之功。东汉时期的医圣张仲景在《金匮要略》治疗胸痹的三个方剂(瓜蒌薤白白酒汤、瓜蒌薤白半夏汤、枳实薤白桂枝汤)中，均使用到薤白。

现代药理研究显示，薤白主要含有挥发油、螺甾皂苷、棕榈酸、亚油酸、油酸等物质，具有解痉平喘、调节血脂、抗氧化、抗肿瘤等多种药理作用。

薤白乌鸡汤

【材料】薤白 15 克，乌鸡 240 克，大枣 9 克，生姜 6 片，食盐适量。

【做法】①薤白、大枣洗净，薤白切片备用；②乌鸡洗净，切块，放入盛有清水的锅内，大火烧开，撇去浮沫；③放入大枣和姜片，小火煮 1 小时，放入薤白片，稍煮片刻，加入食盐调味。

本补汤具有行气散结、补养气血的功效。适合气血不足、胸胁胀闷、易于疲劳的人群食用。

薤白猪肚汤

【材料】薤白 12 克，猪肚 240 克，生姜 6 片，大枣 3 枚，食盐适量。

【做法】①将猪肚反复用水冲洗干净，薤白洗净切片，大枣洗净；②将薤白片、姜片、大枣放入猪肚内，并留少许水分；③把猪肚的头尾用线扎紧，放入盛有适量清水的砂锅内，大火煮开后，小火煲 1 小时，至猪肚酥软，加食盐调味。

本补汤具有通阳散寒、健脾养胃的功效。适合脾胃虚寒、纳食不佳、偶有胀满的人群食用。

莱菔子

安得脆琼莱菔子

藕生玉井何曾见，
梨属张公不见分。
安得脆琼莱菔子，
蘋洲南畔种残云。
——宋·释居简《苹洲莱菔脆甚》

“太华峰头玉井莲，开花十丈藕如船。”韩愈在《古意》中写道，相传太华山峰顶的玉井所产之莲十分稀有，莲花盛开后有十丈之大，结出的莲藕也如船一般。这样的莲藕作者未曾见过。梨属张公，典出潘岳《闲居赋》：“张公大谷之梨。”洛阳的大谷，有张公居住，其所栽之梨，为梨之珍品。如此有名的梨子，作者亦不曾有缘得见。这些于其犹如浮云，无由挂念。他心里真正念想的是蘋洲清脆可口、淡香美味的莱菔，不知从哪里可以得到莱菔的种子——莱菔子呢？如果有的话，就把它种到南边的田地里吧！

诗中所讲的莱菔，就是我们常吃的白萝卜。它的种子——莱菔子，既是中医师常用的中药，也可作为煲汤的材料。悠悠岁月中，先民在日常生活中经过不断的实践，逐渐认识到莱菔子的药用价值。《本草纲目》中记载：“莱菔子之功，长于利气。生能升，熟能降，升则吐风痰，散风寒，发疮疹；降则定痰喘咳嗽，调下痢后重，止内痛，皆是利气之效。”中医学认为，莱菔子性平，味辛、甘，归肺、脾、胃经，具有消食除胀、降气化痰之功，可用于治疗咳喘痰多、食积腹胀、便秘等病症。

现代研究发现，莱菔子中含有挥发油、脂肪油等成分，能够促进胃肠运动、润肠通便，所以具有一定的消食除胀功效。此外，莱菔子中还含有植物抗生素莱菔子素、降压物质芥子碱、硫氰酸盐等，故具有抑制细菌、真菌，降低血压等作用。

莱菔子猪骨汤

【材料】莱菔子15克，猪尾骨300克，白萝卜1条，玉米1根，盐适量。

【做法】①先将猪尾骨洗净斩块，用滚水汆烫，捞出备用；②锅中加入适量清水煮沸，然后放入莱菔子(用纱袋装)、猪尾骨同煮约30分钟；③将白萝卜、玉米切块，放入锅中，再煮至熟，加盐调味。

本补汤具有消食除胀、行气通便的功效。适合食积腹胀、气滞便秘的人群食用。

莱菔子牛肉煲

【材料】莱菔子6克，牛肉210克，胡萝卜1根，姜、料酒、盐适量。

【做法】①将各食材分别洗净，牛肉、胡萝卜切块；姜洗净切片；②高压锅中加入清水，放入莱菔子(用纱袋装)、姜、料酒、牛肉同煮约30分钟；③将胡萝卜块放入锅中，煮至熟，加盐调味。

本补汤具有补脾胃、益气血、强筋骨的功效。适合身体较弱、消化功能不佳、筋骨酸软的人群食用。

芫 荽

畦荽度屐香

窥园并短墙，扫径自提筐。
雷雪垂巾重，畦荽度屐香。
细腰眠药杵，折足仆藜床。
懒主痴偏甚，从渠菜甲黄。
——明·李德丰《雪后窥园》

本首诗描绘了一幅雪后观赏园景的画面，表达了作者悠然闲适的状态。诗中写道：一场大雪过后，园内一片白茫茫的景象。手提箩筐，沿着园子的矮墙踱步前行，园中的积雪还有点厚，需要慢慢打扫出一条道路来。漫步在畦田里，趟过种在其中的芫荽，脚上穿的木屐沾满了芫荽淡淡的清香。逛完一圈之后，身体略感疲惫，于是杵一点药，以备不时之需。杵完药，放下药杵，躺在藜茎编织的床榻上休憩片刻，闭目养神。园子的主人也真是有点懒啊，不太打理园里的蔬菜，有些菜芽都已经泛黄了。

芫荽，就是我们日常生活中所说的香菜，因其散发出一种特殊的香味而得名。芫荽也叫胡荽，因其从西域而来，如《本草纲目》中言："张骞出使西域，始得种归，故名胡荽。"芫荽的香味馥郁，是平时烹调菜品、汤羹不可多得的调味菜之一。做菜或煲汤煮羹时，撒上一把芫荽末，可以为菜肴提香增色不少。除了作为调料，芫荽还是一味药用价值颇高的中药材。《本草纲目》载其："辛温香窜，内通心脾，外达四肢，能辟一切不正之气。"中医学认为，芫荽味辛、性温，具有发汗透疹、醒脾和中、消食下气之功，对于麻疹初期、饮食积滞、纳食欠佳等病症有较好的疗效。

现代药理学研究表明，芫荽中含有脂肪醛、香豆素、氨基酸等化学成分，还含有维生素 C、铝、铁、铜及蛋白质、糖类等营养物质，具有抗氧化、降血糖、抗焦虑、抗菌等多种药理作用。

芫荽豆腐羹

【材料】芫荽 12 克，嫩豆腐 1 块，鸡蛋 1 个，淀粉、食盐适量。

【做法】①芫荽洗净切碎，豆腐切条，鸡蛋打散，淀粉用适量清水调和；②锅内加入适量清水，放入豆腐条，大火煮沸，改中火，加入打散的鸡蛋，快速搅拌成蛋花；③慢慢加入水淀粉勾芡，边加入边搅拌，至汤略微变稠，加入芫荽煮 1 分钟，放入食盐调味。

本补汤具有健脾开胃、益气和中的功效。适合脾胃虚弱、食欲不佳、时有乏力的人群食用。

[芫荽豆腐羹]

芫荽鲫鱼汤

【材料】芫荽 6 克，鲫鱼 1 条，生姜 6 片，大葱 1 根，料酒、食盐适量。

【做法】①芫荽、大葱分别洗净，芫荽切碎，葱切段备用；②鲫鱼去鳞和内脏，洗净，放入锅内，加入适量清水，放入姜片、葱段、料酒，大火煮开后转小火，慢炖 1 小时，出锅前放入芫荽末，加入食盐调味。

本补汤具有和脾胃、利水湿、补气血的功效。适合脾胃不和、消化不良、气血亏虚、大便偏溏的人群食用。

小茴香

苜蓿秋红满夕阳

宫砖卖尽雨崩墙，
苜蓿秋红满夕阳。
玉树后庭花不见，
北人租地种茴香。

——元·宋无《金陵怀古》

本首诗为怀古诗，作者宋无生长于动荡不安的南宋末年，目睹国破家亡，经历颠沛流离，因此终身以遗民自居。作者写道，在六朝古都金陵，看到宫殿的砖瓦已经不复存在，城墙也几尽崩塌；在夕阳的余晖下，满地的苜蓿花绚烂红艳，与破败的宫殿形成鲜明的对比。忆想起南朝陈后主所作的《玉树后庭花》，昔日的人和物早已远去，现在只有北方的人们在这里租下土地，种上他们爱吃的茴香。作者睹物思事，有感而发，怀古惜今，慨叹兴衰。整首诗给人一种凄惨悲凉的氛围，令人唏嘘。

诗中所提到的茴香，即我们日常生活中烹调所用的小茴香。其原名为蘹香，李时珍在《本草纲目》中说："苏颂曰：蘹香，北人呼为茴香，声相近也。"小茴香既是烹制肉类、海鲜等常用的香料，又是药用价值很高的中药材。相传，清朝末年有一俄罗斯富商到西湖游玩，在欣赏风光之时，突然疝气发作，疼痛难忍。随行的医生无计可施，船夫便介绍了一位老中医，他用小茴香研末，让其以绍兴黄酒送服。不久，俄罗斯富商的疝痛就有所减轻，并很快痊愈。中医学认为，小茴香具有散寒止痛、理气和胃之功，《本草汇言》言其为"温中快气之药也"，临床上常用于治疗寒疝腹痛、痛经、少腹冷痛、脘腹胀痛等病症。

现代研究表明，小茴香中主要含有挥发油、脂肪油、甾醇及糖苷、生物碱等化学成分，还含有维生素 E、维生素 B_1、维生素 B_2、胡萝卜素等多种营养物质，具有抗炎抑菌、缓解疼痛、促进胃肠蠕动、保肝等多种药理作用。

茴香牛肉汤

【材料】小茴香6克,牛肉300克,生姜3片,大枣6枚,食盐适量。

【做法】①牛肉洗净切块,小茴香、大枣分别洗净;②将牛肉、小茴香、姜片、大枣一起放入砂锅内,加清水适量,大火煮沸后改小火煮1小时左右,加入食盐调味。

本补汤具有温中散寒、益气补虚的功效。适合脾胃虚寒、脘腹冷痛、气血不足、容易疲乏的人群食用。

[茴香牛肉汤/李雁·大连]

茴香鲤鱼汤

【材料】小茴香6克,鲤鱼1条,生姜6片,大葱1根,料酒、食盐适量。

【做法】①小茴香、大葱分别洗净,葱切段备用;②鲤鱼去鳞和内脏,洗净,放入锅内,加入适量清水,放入小茴香、姜片、葱段、料酒,大火煮开后转小火,慢炖1小时,加入食盐调味。

本补汤具有理气和胃、健脾温中的功效。适合脾胃不和、消化不良的人群食用。

山 药

筠篮那得致兵厨

山药本为林下享，
筠篮那得致兵厨。
传担云月并持与，
长夜读书应所须。
——宋·赵蕃《以山药茶送沈宜之兄》

本诗第一句“山药本为林下享”，指出山药本是山林田野人家常吃的食材。“筠篮那得致兵厨”，筠篮，指竹篮；兵厨，典故名，三国时期魏国人阮籍“闻步兵校尉厨贮美酒数百斛，营人善酿，乃求为校尉”，后世便用“兵厨”代称储存好酒的地方。这句意为拿一竹篮山药到有美酒的地方。“传担云月并持与，长夜读书应所须”，晚上挑着担子，头顶着云和月，把山药送给友人，料想他读书时应该需要，因山药不仅可以充饥，还能增加记忆力。

养生解读

在中国人的餐桌上少不了补汤，一般来说大家都喜欢将健康的食物炖在一起食用，山药便是比较适合放入补汤的食材之一，它是“山中之药”“食中之药”。《本草纲目》指出山药：“治诸虚百损，疗五劳七伤，止腰痛，补心气不足，开达心孔，多记事，益肾气，健脾胃，止泻痢，润毛皮。”

现代研究显示，山药营养丰富，特别是其所含的淀粉酶可将淀粉水解为葡萄糖，直接为大脑提供能量，对健脑有一定作用。山药中还含有丰富的胆碱和卵磷脂，有助于提高大脑的记忆力。山药中含淀粉质、黏液质、脂肪和蛋白质，极易消化吸收，能有效改善体质虚弱、消除疲劳。妇女有贫血、白带或习惯性流产者，可用山药补汤加以改善。

山药排骨汤

【材料】鲜山药300克，排骨300克，草果1个，桂皮1小块，大枣3枚，山楂3片，葱、姜、料酒、盐各适量。

【做法】①将排骨放入沸水中汆烫，用热水洗净浮沫；②汆烫好的排骨放入炖锅中，加热水，放入葱、姜、料酒、草果、桂皮、大枣、山楂，大火煮沸，转小火慢炖2小时；③山药洗净，切滚刀块，放入锅中，炖20分钟后出锅，加盐、香葱末调味。

本补汤具有健脾润肺、益肾滋阴、养心益智的功效。适合脾虚泄泻、久痢、虚劳咳嗽、小便频数、记忆力减退的人群食用。

山药桂圆汤

【材料】山药300克，桂圆肉30克，红枣9枚，白砂糖适量。

【做法】①将洗净的红枣提前泡软，山药去皮后切成小块；②将两者一起放入水中烧开，煮至软烂；③加入桂圆肉和白砂糖，煮开，待桂圆肉软烂，即可食用。

本补汤具有补血益气、健脾养胃的功效。适合气血虚弱、脾胃不足的爱美人群食用。

百　合

从风时偃抑

接叶有多种，开花无异色。
含露或低垂，从风时偃抑。
甘菊愧仙方，丛兰谢芳馥。
——南北朝·萧察《咏百合诗》

本诗为南北朝时期后梁宣帝之子萧察描写百合的诗文，作者并没有用华丽的辞藻，仅寥寥几个清新美丽的词句，素描淡抹，就使一幅诗意浓厚的百合图跃然纸上。全诗总共六句，前两句描写叶和花的风采，中间两句描写百合含露和从风时的姿态，最后两句借助与菊花和兰花的对比，突出百合的药用功效和芬芳香气。整首诗描绘出百合自然脱俗、含蓄矜持的姿态，给我们展现了百合的真趣和神髓。

百合的名称，因其鳞茎由许多白色鳞片层环抱而成，形似莲花，故取“百年好合”之意命名。在中国，百合还有“百事合心”的象征，寓意着家庭美满，诸事和顺。百合被人们拿来食用和药用的历史悠久，《神农本草经》中就有记载其：“主邪气腹胀、心痛。利大小便，补中益气。”中医学认为，百合性寒、味甘，归心、肺经，具有养阴润肺、清心安神之功，常用于治疗阴虚燥咳、劳嗽咳血、惊悸虚烦、失眠多梦、精神恍惚等病症。

现代营养学分析，百合除含有蛋白质、脂肪、淀粉，以及钙、磷、铁、B族维生素、维生素C等营养物质外，还含有秋水仙碱等多种生物碱。现代药理学研究发现，百合含有甾体皂苷、多糖、酚酸甘油酯、生物碱、黄酮、氨基酸、磷脂及其他烷烃等化学成分，主要为多糖及甾体皂苷，具有镇咳祛痰、降血糖、镇静、抗氧化、抗疲劳、耐缺氧、抗癌等作用。

百合枣仁猪肉汤

【材料】瘦猪肉 300 克，鲜百合 30 克，酸枣仁 12 克，食盐适量。

【做法】①将猪肉洗净、切块，百合、酸枣仁洗净；②锅内放水，加入百合、酸枣仁和猪肉，煮至猪肉烂熟后，用食盐调味。

本补汤具有养阴补虚、宁心安神的功效。适合体质偏弱、心烦不寐、夜梦纷扰的人群食用。

［百合花／浦锦宝摄］

百合荷叶绿豆饮

【材料】鲜百合 30 克，荷叶 15 克，绿豆 15 克，冰糖适量。

【做法】①百合剥开洗净，荷叶、绿豆洗净；②锅内放清水适量，加入绿豆烧开，转小火煮至绿豆开花；③放入百合和荷叶，继续小火煮至百合熟烂，放入冰糖调味。

本补汤具有清热解暑、生津止渴的功效。适合夏季暑天需要解热消暑的人群食用。

灵 芝

东上蓬莱采灵芝

阊阖开，天衢通，被我羽衣乘飞龙。
乘飞龙，与仙期，东上蓬莱采灵芝。
灵芝采之可服食，年若王父无终极。

——三国 · 曹植《平陵东行》

本首诗为三国时期著名文学家、建安文学代表人物曹植所创作，因于文学上的造诣，曹植与其父曹操、其哥曹丕，被后人合称为“三曹”。该诗从体式看，属于杂言诗；从类型看，属于乐府诗；从题材看，属于游仙诗。阊阖，传说中的天门。羽衣，以羽毛织成的衣服，道士或神仙所穿的衣服常被称为羽衣。灵芝，传说中的瑞草、仙草，中医入药有滋补作用。诗中描写的游仙状态超然于外，可以腾云驾雾，遨游天际，采摘瑞草，求仙问道，从而长生不衰。整首诗营造出了一种神秘缥缈、若即若离、虚幻如梦的浪漫诗境。

灵芝自古以来被尊为瑞草，其颜色鲜艳、形状优美，顶端表面有一轮轮云状的环纹，是吉祥瑞相的象征。关于灵芝的神话传说很多，白娘子盗取灵芝救许仙的传说自不必言，炎帝之女瑶姬身死精魂化灵芝的神话也流传甚广。灵芝在古老的中药典籍《神农本草经》中被列为上品，并言其能够“主耳聋，利关节，保神，益精气，坚筋骨，好颜色。久食，轻身不老”。临床上常用其治疗虚劳、气喘、健忘、失眠等病症。

现代研究表明，灵芝确实有良好的养生保健作用，是不可多得的益寿珍品。灵芝主要含有多糖、三萜类、甾醇类、氨基酸、生物碱、微量元素、维生素 E 等成分，具有调节免疫、增强记忆、延缓衰老、降糖降脂、保肝护肝、抗肿瘤、抗动脉粥样硬化等多种药理活性。

灵芝甲鱼汤

【材料】灵芝30克，甲鱼1只，红枣6枚，生姜3片，大葱1根，料酒、食盐适量。

【做法】①灵芝用水润透切片（不要洗掉孢子粉），甲鱼去内脏和脚爪，红枣洗净，葱洗净、切段；②砂锅内放入适量清水，放入灵芝、甲鱼、红枣、生姜、葱段和料酒，大火煮开后改小火炖约1小时，加入食盐调味。

本补汤具有益气养阴、补虚安神的功效。适合身体虚弱、气血不足、夜寐欠佳、病后进补的人群食用。

灵芝二耳汤

【材料】灵芝30克，黑木耳15克，白木耳15克，冰糖适量。

【做法】①将灵芝用水润透切片（不要洗掉孢子粉），黑木耳、白木耳洗净、泡发；②将上述材料一起放入砂锅内，加清水适量，大火煮沸后改小火煮30分钟，加入冰糖调味。

本补汤具有补气安神、滋阴润燥的功效。适合神疲乏力、皮肤干燥、大便秘结的人群食用。

菜部

灵芝

善养心安神，增智慧不忘